小学館文庫

おばさん探偵 ミス・メープル

銀座発23時59分シンデレラ急行

柊坂明日子

小学館

Middle-aged Detective Miss Maple

CONTENTS

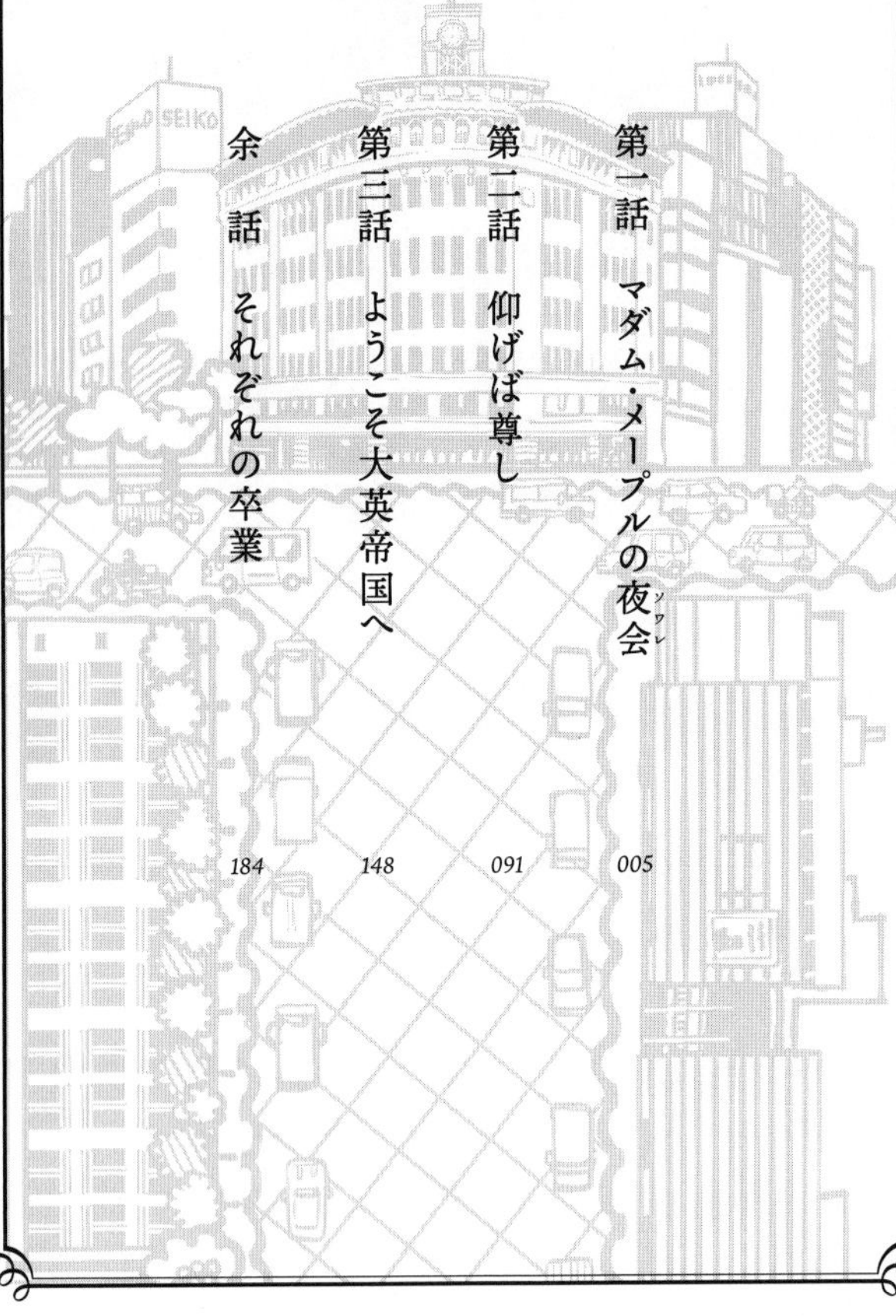

第一話　マダム・メープルの夜会《ソワレ》

悪夢のブリザード

二月下旬。

東京は世田谷区、固定資産税が天文学的な数字のお屋敷町が、大雪でホワイトアウトしている。ほとんどの小学校も中学校も、今日は臨時休校だ。駅前の商店街も、すべての店がシャッターを下ろしている。今日のこの東京の大雪は戦後最大級だと、今、テレビのニュースが報じていた。

ブッブッブッブ――――ッ!

そんな悪天候の中、SFバイオレンス・アクション・エログロ・超ハードボイルド作家の森野《もりの》楓子《かえでこ》さんの屋敷のブザーが鈍い音で鳴った。今時『ピンポーン』と鳴らないブザーは、かなりの希少価値だ。

「お荷物でーす」

ドアホンにつけたモニター画面は最新式で、いつもの宅配会社のお兄さんの姿を鮮明に映すが、雪がすごくて、彼のまつ毛が真っ白になっているのがわかる。

「いつもありがとうございます。あの、私、後ですぐ荷物を取りに参りますので、それ、門の前に置いておいてくださいますか?」

楓子さんの屋敷は、都内ではありえない広さを誇り、高塀で囲まれたその内側は、鬱蒼《うっそう》とした樹々《きぎ》に囲まれ、外から見るとそこだけ完全に森林地帯だ。近所の子供たちは、その森の奥には魔女が住んでいると信じている。

楓子さんが家を出て、宅配便の荷物を正面玄関正門まで受け取りに行くのに最低三分はかかる。しかもこの大雪だ。とてもすぐ正門までたどり着けるとは思えない。

この寒い中、お兄さんを門前でお待たせするのが申し訳なくて、置き配をお願いしたのだが……。

「森野さん、でもこれ、どうも精密機器みたいで、お手渡ししないといけなくて」

宅配のお兄さんが精密機器と言った瞬間、いつもどんよりしている楓子さんの目が、一瞬キラッと光った。

「わかりました！　すぐ参ります！」

楓子さんは、玄関にかけてあるロングのダウンコートに袖を通し、そのコートについているフードもかぶり、庭仕事用のハンターの長靴をはいた。ロンドンのハロッズで買った、筒の部分がユニオン・ジャックの柄になっているレアものだ。

しかし外に出ると、膝まである長靴より上まで雪がつもっていて、ご自慢のハンターでも雪はじゃんじゃん入ってくる。

とは言え、宅配業者さんをお待たせできない楓子さんは、おばさんパワー全開で、何度も前のめりにバタバタ倒れながら、ようやく正面玄関正門までたどり着いた。

「ごめんなさいっ、長いこと、お待たせしてしまって！」

扉を開けると同時に、楓子さんは頭を下げて謝った。

頭から肩から、どさどさ雪が落ちていく。

「とんでもない、森野さん、こんな雪の中、わざわざ正門まで取りにきて頂いて、こちらこそ申し訳ありません、大丈夫ですかっ？」

彼の黄色のラインが入った深緑の制服が真っ白になっている。アポロ・キャップのつばにも雪が積もっている。楓子さんは恐縮MAXだ。どうか、申し訳ないなんて言わないでほしい。できれば「この大雪の中、とんでもなく待たせやがって、ババア、こっちの身にもなってみろっ！」くらい、悪態をついてほしい。

あるいは、それを言葉には出さなくても、誰が見ても怒り心頭みたいな顔で接してほしい。舌打ちしてもいい。なんでも甘んじて受けたい。

いつもお行儀が良すぎるこの宅配会社を心から愛している楓子さんは、彼に申し訳なくて、涙がでそうだ。

そんな狼狽《ろうばい》する楓子さんを労《いたわ》りの目で見つつ、宅配のお兄さんは、丁寧に梱包《こんぽう》された精密機器をそっと手渡すと、

「ありがとうございましたっ！」

と、よく通る声で言った。どうやったらそんな笑顔で挨拶ができるのか、楓子さんは胸が熱くなった。そしてお兄さんは、このホワイトアウトの中、爽やかに黒猫ちゃ

ん マークのトラックに乗り込んだ。ありがたすぎて、楓子さんにはその姿が、白馬車に乗り込む正装の御者にしか見えない。

「プロね……プロだわ……さすが日本が世界に誇る運送会社だわ……」

気がつくと楓子さんは、遠くに消えていくトラックに敬礼していた。

そして荷物を小脇にかかえて、屋敷へと入っていく。

改めて見回すと、自分の家の庭ながら、ここはいったいどこ？　というようなすさまじい雪景色だ。よく正面玄関正門までたどり着けたと思う。

数分歩いて、遠くにうっすら自分の家らしき輪郭が見えてきた時、

「うう……」

と、何やらかすかなうめき声が聞こえた。

「え……？」

楓子さんは、かぶっていたフードをはらいのけ、耳をすました。

「……たすけ……」

「えっ、やだっ！　気のせいじゃないっ！　今、助けてって聞こえた！」

楓子さんはパニックだ。庭の中で誰かが助けを求めているということは、一人暮ら

しのこの屋敷内に誰かが侵入しているということだ。

しかし、その不法侵入者は、どうやら苦しんでいる。賊が弱っている今なら、勝てるかもしれない。楓子さんはなけなしの勇気をふりしぼった。

「どっ、どなたっ？　どこにいるのっ？」

楓子さんは、ホワイトアウトした庭の中、必死にあたりを見回した。

「こ……こ……」

すぐ足元の雪がぞわっと動いた！

楓子さんは「ぎゃあっ!!」と、悲鳴をあげる。その悲鳴の方が、よっぽど怖い。

そしてもっと怖いことに、雪の下によく知っている有名なトレンチコートのタータンの裏地がうっすらと見えた。

「やだっ、何これっ！」

叫びながら、そのトレンチコートに降り積もった雪の山をはらっていく。

「えっ！　ど、どうしてっ！　こ……これはっ……」

楓子さんは、心臓が止まりそうだ。

「……か……かえで……こ……さ……」

雪に埋もれているのは、楓子さんの担当編集者、吉井遼《よしいりょう》くんに間違いない。

一昨年の冬のボーナスで買ったお気に入りのバーバリーのトレンチコートの腕に、楓子さんの飼い猫シンプキンがひっかいた痕がある。

アメショー柄で元野良のシンプキンは、吉井くんが好きすぎて、帰り際いつも彼の腕やら肩にからみつき、そのような爪痕をバリバリ残してしまう。

「す……すみません……ぼ……僕……」

同時に、雪の中に、維新號《いしんごう》の肉まんの袋が見えた。

楓子さんは維新號の肉まんに手を伸ばしかけたところで、そうじゃない、と、すぐ吉井くんをつかんで起こした。

「た……助かったぁぁぁ……」

ガタイのいい楓子さんは、吉井くんを背負うと、ずるずる家へと連れて帰った。

＊

こんな大雪の日は、エアコンの温風とかセラミック・ファンヒーターではまったく用をなさない。

楓子さんは今はもう使うことのない空洞の暖炉の中に石油ストーブを入れて、サロンをガンガン暖めていた。

楓子さんのお祖父《じい》さまは、貿易会社を興し一財産を築き、昭和初期にまだ東京の片田舎だったここ世田谷に広大な土地を得て、イギリス、チューダー様式の洋館を建てた。当時、政府の要人が海外からいらした時は、この洋館を借りて盛大な晩餐会《ばんさんかい》が開かれていたという。ゆえに楓子さんの家には、今時珍しい暖炉などが残っている。

「うわ〜、あったか〜い……天国だ〜〜、ここは天国だ〜〜」

吉井くんは暖炉の前で涙目で言った。

「まずはこれを飲んでね。あったまるわよ」

楓子さんは琥珀《こはく》色の液体が入ったグラスを吉井くんに渡した。

「いただきます……わっ、すごくいい香りがする。花の香りだ……スミレの花だ」

吉井くんはゴクンと一口飲むと、目をまん丸くした。

「これ、アルコール度数、高いですよね」

「大丈夫、四十五度だから。遭難した時はブランデーよ。っていうか、それはコニャックね。カミュよ」

コニャックはブランデーのワンランク上になる。

「え――っ、カミュなんですかっ、すごく高そうな味がする……ベルベットのような舌ざわりだ……すごいクリーミーで、ほんのり甘い……そしてフルーティー……」

さっきまで死線をさ迷っていた吉井くんは、今、グルメ評論家のようになっている。

「ここが銀座のクラブだったら、吉井くん、十万は取られるわよ。でも、ここは私のうちだから、十万ウォンでいいわ」

ウォン、それは韓国の通貨だ。ウォンはだいたい日本円の十分の一くらいのレートになる。一万円弱というところだろうか。しかし、まだ二十七歳の吉井くんにしてみれば、それは高いような安いような微妙な値段だ。

ところが実はこのカミュは、正式には『カミュキュヴェ5・150』という銘柄で、世界で千四百九十二本しか流通していない数量限定品だ。ボトルがバカラのクリスタル・ガラスでできている。もし、銀座のクラブで一杯飲もうものなら、数百万は覚悟しないといけない。

しかし吉井くんが元気になってくれれば、限定品であろうが何であろうが、楓子さんはかまわなかった。

「あ〜、なんか体の芯からあったまってきます〜〜」

その言葉通り、吉井くんの顔に赤みが差している。

「よかった……大変なことになるところだったわね……」

楓子さんは、ほっと安堵《あんど》の一息だ。

一つ間違うと、楓子さんの家の庭は事故物件になるところだった。

「で、どうして吉井くんは、こんな天気なのに、うちに来てくれたの？」

楓子さんがたずねた。

「ええ……この大雪だから雪かきしてこいって、編集長が……そろそろ原稿も頂かないといけないし……ほら、締切り、二月下旬でしたから（今日、下旬だし）。えっと、もう出来上がっているかなーなんて思って……」

最後の方、吉井くんは小声になっていく。楓子さんは、締切りをせっつかれるのが嫌いなのだ。それで焦って逆に書けなくなってしまったりする。

「それで僕、ご様子伺いに、いつものように合鍵で楓子さんちに入って、この建物を目指したら、ホワイトアウトで自分がどこにいるのかまったくわからなくなって、そう、まるで樹海で方向がわからなくなるあの感覚です……」

吉井くんは樹海に入ったことがあるのだろうか。何か辛《つら》いことがあったら、一言いってほしい。もしかして、自分がシャキシャキ原稿を書かないから、それが吉井くんを苦しめているのかもしれない。楓子さんは猛省した。

ところで楓子さんはこの広いお屋敷で一人暮らしをしている。アラフィフなので、いつ何時《なんどき》うっかり孤独死してしまうかわからないので、吉井くんに合鍵を渡しているが、その吉井くんが庭で孤独死しては本末転倒だ。

実は先ほどから楓子さんの脳内では、聖子《せいこ》ちゃんの『ハートのイアリング』という曲がエンドレスで流れていた。

これは失恋ソングで、去っていく彼の後ろ姿を見送りながらハートのイアリングを雪の中に捨て、それが春に姿を現す頃、この恋人のことも忘れているだろうという内容だ。吉井くんとはまったくつながらないが、もし共通する部分があるとしたら、へタすると吉井くんも雪解けの春まで、森野家の庭から見つからなかったかも、ということくらいだ。

その時、サロンの鳩時計《はとどけい》が、二時を告げた。

「うわ――っ、僕、ここに到着したの十二時前です。二時間も楓子さんちの庭をグルグルさ迷ってたんだ！」

「でもなんで、あそこで倒れてたの？」

「ええ……ようやくお家《うち》の輪郭がうっすらと見えて、助かった！　と思ったら、誰かがものすごい勢いでドスドス走ってきて、そしたらその振動で僕のすぐ横の大木に積もっていた雪が、頭の上にどさど――っと落ちてきて、そしたら僕もう疲れてしまって、少し横になろうとしたら眠くなって……でも、そういう時、寝ちゃだめなんですよね……」

誰かがものすごい勢いでドスドス走ってきて……。ドスドス走ってきて……？　ドスドス……？

誰かって、自分以外に誰がいるのだろう。楓子さんは、一瞬無言になった。

「僕ホント、何の助けにもならなくて……すみませんっ、逆に迷惑ばかりかけてっ」

しかし、二時間もさ迷いながら、吉井くんは維新號の肉まんと、ウィーンの老舗菓子店デメルのザッハトルテを守り抜いてくれた。

それを思い出した楓子さんは、「ドスドス走ってきた」という発言は、瞬時になかったことにした。

「吉井くん、元気だして。お昼食べましょう！　私もまだ食べてないの（なぜかというと、実は原稿は大幅に遅れてて、昨夜は徹夜で、宅配屋さんのブザーの音でさっき起きたところだから）」

お昼、という言葉がどこでどう聞こえたのか、家の二階からシンプキン、そして白猫のルルちゃん、近所の松田《まつだ》さんの家のトラ猫『松田さん』がいっせいに、どどど――っとサロンに集合した。

＊

「うわ――、すごくおいしい！　これ、鶏《とり》のだしがきいてますね」

サロンの真ん中にあるマホガニーの円テーブルには、カセットコンロが置かれ、その上で土鍋がぐつぐつ煮えている。

鍋の中では、生姜《しょうが》と長ネギのみじん切りを鶏のミンチとこねて団子にしたものと、その他、蕪《かぶ》やら里芋やらゆで卵やら鏡餅やらが投げ込まれている。塩と昆布だけで味を調えているが、早く食べられる鍋としては、鶏団子は最適だ。タレはゴマダレと柚《ゆ》子《ず》ポン酢、それにキムチの素《もと》の三種を用意している。

シンプキンはまた吉井くんの膝の上で鶏団子をねだっているが、長ネギも生姜も猫にはよくないので、楓子さんが用意した猫用ドライフードを手渡しで食べさせている。一方、ルルちゃんと松田さんはテーブルに乗って、カセットコンロで暖を取りながらカリカリを食べている。

「鏡餅も豪快でいいなあ。切らないでそのまま入れちゃうんですね」

正月の鏡餅が残って冷凍にしていたものを、楓子さんは鍋にいれていた。

「鏡餅は包丁なんかの刃物類を入れたら縁起が悪いのよ。そのまま食べるとか、ちぎるとかしないとね。私は上の方の小さいお餅を食べるから、下のお餅は吉井くんね」

楓子さんは、お餅も作れるパン焼き機を持っていて、ここのところ毎年、鏡餅は年末に自宅で作っている。良い米所のもち米を使っているので、つきたてのそれは絶品だ。玄関、神棚、仏壇、仕事用パソコンの上に、小ぶりの鏡餅は供えられ、三が日が終わると、それらはすぐに冷凍庫へいく。それ以上供えたらカビてくるのだ。

お餅に目がない吉井くんは、鏡餅を鍋から取り出し、ゴマダレで食べてみる。

「うわ――――っ、おいしすぎる！　僕、今日、ここに来てよかったですっ」

あれだけ死線をさ迷ったのに、どうしてよかったと言えるのか、楓子さんは申し訳ない気持ちでいっぱいだ。

その時、吉井くんのスマホが胸ポケットでブルブルッと震えた。

「あっ。食事中にすみませんっ！」

「大丈夫、いいわよ。大丈夫だから出てね」

食事を大切にする楓子さんは、食べている時、電話に邪魔されることをすごく嫌う。せっかくの料理に失礼なのだそうだ。

しかし吉井くんが庭で遭難したままだったら、もう携帯に出ることもかなわなかったと思うと、今日の楓子さんは、どんなことでも許せる気がした。

すみません、と、頭を下げて、吉井くんはスマホを耳にあてた。

『吉井お前、何やってんだ？　もう原稿もらったのか？　まさかまた鍋とかご馳走《ちそう》になって、本題から大きくそれてるんじゃないだろうな？　っていうか今日は寒いからって、アルコール度数の高い、いい酒とか飲ませてもらってないよな？　お前、手ぶらで帰ってきたら……』

吉井くんの上司である、大手出版社翔岳館《しょうがくかん》『ナイト・ハンター・ノベルス』の編集長、亜蘭明《あらんあきら》の声が、ダダ洩《も》れだ。

プツッ……ツーツーツー。

いたたまれなくなった吉井くんは、自主的にスマホをオフにした。

楓子さんは、スマホもガラケーも持っていない。家の電話も留守電機能のない黒電話だ。小説の原稿も説得に説得を重ねて、ようやくやっと一年ほど前から、パソコン入力にしてもらった。その説得には三年以上かかった。

それまではシャープのワープロ『書院』を愛用していた。目を離すと、今でもワープロで書こうとするので、気をつけないといけない。

とにかく、緊急時、楓子さんに連絡をつけるのは至難の業《わざ》だ。

「ああ……でも私が、シマホを持っていたら、今日、吉井くんを遭難させることもなかったわね……」

シマホじゃないスマホだ、と吉井くんは思ったが、あえて訂正はしなかった。楓子さんはファッションセンターの『しまむら』さんや、ホームセンターの『島忠《しまちゅう》』さんが大好きで、そこへお買い物に行くと、最低二時間は店舗から出てこない。行けば必ずお気に入りのものが見つかるらしく、『しまむら』さんと『島忠』さんにはいい思い出しかないせいか、スマホもシマホと言いたくなるのだろう。

「本当にシマホがあると、便利ですよ……」

と、吉井くんは言いたかったが、きっと楓子さんには、スマホもガラケーも持ちたくない理由があるのだろう、と言葉をのんだ。

その時だった。また、スマホの着信音が聞こえた。マナーモードじゃない、こもったような着信音だ。しかし、吉井くんのスマホではない。

ルルちゃんが、円テーブルから飛び降り、サロンのソファに走ってゆく。

そこには、先ほど楓子さんが宅配業者のお兄さんから受け取った荷物が置かれていた。吉井くんの遭難騒ぎがあったので、まだ梱包を解いていない。

「え？　もしかして楓子さん、携帯、買ったんですか？」

吉井くんはびっくりだ。

「あ……いえ……たぶん……そうじゃなくて……」

楓子さんは歯切れが悪い。

着信音はまだ鳴り続けている。

「あの……お電話に出られた方が……よろしいのでは……？」

爪切りの嫌いな白猫ルルちゃんは、ご自慢の研ぎに研がれた爪を着信音の鳴り響く箱に当てると、「おかーしゃん、ここはアタシにまかせて！」とばかりに、バリバリやり始めた。

「あああああっ……ルルちゃん、ありがとう、あとは私がやるからね」

と、楓子さんが猫を抱き上げたところで、着信音は切れた。

それから楓子さんは、包装紙を外し、箱を開けていく。

箱の中には衝撃から荷物を守る発泡スチロールのケースがあり、それを開けると、やはりスマホの登場だ。

しかもそれは、吉井くんのと同じ機種だ。そのスマホの使い方なら、楓子さんは熟知している。

銀座服部時計店１４５５《イチヨンゴーゴー》

翔岳館『ナイト・ハンター・ノベルス』編集部。

昨日の記録的な大雪もすっかりあがり、今は太陽がぎらぎらと街中を照らしている。

通りのあちこちに残った雪が反射して、出版社の建物の中までキラキラと明るい。

「で、吉井クンは、佐渡島《さどがしま》鬼一《きいち》先生の担当になるのと、『翔岳館ニコニコ子供英会話スクール』出向と、どっちがいい？」

亜蘭明編集長が無表情で言った。

やわらかな日差しがこんなに降り注いでいるのに、吉井くんの心にまたブリザードが吹き荒れている。

「あの……でも、佐渡島先生は、確か小山《こやま》さんの担当で……」

吉井くんの額から脂汗が流れ落ちた。

「小山クンね、佐渡島先生とちょっと色々あってね、今、カウンセリングを受けさせているから、しばらくお休みね。で、そちらのタイガーショー先生には、もっとやり手の担当をつけて、吉井クンいようだったら、佐渡島先生の担当をしていただこうかな、と思って」

タイガーショーとは、大河《たいが》ショー和《やまと》というペンネームを持つ、SFバイオレンス・アクション・エログロ・超ハードボイルド作家の森野楓子さんのことだ。

内容が内容なだけに、楓子さんは、男性名で覆面作家として活躍している。

楓子さんが書く、『新宿魔法陣妖獣伝』シリーズは、この世の不条理に疲れたサラリーマンのおじさんたちの間で、出版不況を吹き飛ばす大ヒットだ。

今その第六巻目を書いてもらっているところだが、どうやら執筆は順調ではない。

「でも、あの……楓子さんは……」

「楓子さんじゃない、大河先生だっ！」

亜蘭編集長が、厳しい声で言う。

「ですから、その……大河先生は『やる気スイッチ』が入ると、最後、バ――ッと書き上げますから。今までもずっとそうでした。もうちょっと待って下さい。あと、一週間っ!!」

「あのねえ、吉井。遅れてるなら遅れてるでいいから、書いたところまで、何でもいいから、もらってこいよ。昨日、何しに行った？　とにかくお前、もうダメだから。明日から、佐渡島先生の担当決定な」

「佐渡島先生は勘弁してくださいっ、僕には務まりませんっ、じゃあ僕、『翔岳館ニコニコ子供英会話スクール』に出向しますっ。だって佐渡島先生の担当になった人ってみんな心を痛めているじゃないですかっ！　僕なんて三日もたないっ。それに僕が昔、料亭で佐渡島先生に顔なめられたの知ってますよねっ!?」

吉井くんは涙目で訴えた。

「あのなあ、それだったら楓子さんのUSB抜き取って、原稿をコピーしてくるくらいのことしてこいよっ。なんで手ぶらで、のこのこ会社にやってくるんだよっ。いいご身分だなっ、まったく!!」

「楓子さんじゃなくて……大河先生です……」

「やかましいっ、俺はいいんだっ！」

「あ……そうだ……亜蘭さん、これ、楓子さん……じゃなくて大河先生から預かってきました。編集長はブルゴーニュの赤が好きっておっしゃってたから渡してね、って言われて……」

吉井くんはしょんぼりしながら、鞄《かばん》からワインを一本取り出し、亜蘭に渡す。

「あのなあ、俺は、酒でごまかされないからな。そーゆーの大キライなんだっ。二月の下旬が締切りだったよな？　もうゼンゼン下旬ですけどっ!?　二月ってあと何日あるんだっ？　今年、うるう年じゃねーぞ！」

ここで亜蘭は深いため息をついた。

「吉井、わかってるだろ？　楓子さんは毎回毎回、最後の章で、大人気主人公のロドリゲス杉田《すぎた》を殺して、このシリーズを勝手に終えようとしてる人なんだよ。『新宿魔法陣妖獣伝』はまだまだ続くの！　ロドリゲスを殺さないよう、ちゃんと原稿チェックしてこいよ!!　ロドリゲスがまた死んでたらどうすんの？　お前、毎度毎度説得してラストを書き直してもらってるよね？　そーゆー二度手間は、もうよしていただけませんか？　六巻終わったら七巻書いてもらうの。七巻終わったら八巻、八巻の次は？」

「九巻です……」

「ちゃんとわかってるじゃないか……吉井……」

亜蘭は受け取った赤ワインにそっと目をやる。

「んがっ！」

「あっ」と言うところが、あまりに驚いたのか「んがっ！」になってしまっている。

吉井くんも編集長と長い付き合いだが、「んがっ！」と言うのは、初めて聞いた。

「なんだよ、これ、『ロマネコンティ』じゃねーかよ……」

亜蘭編集長の額に脂汗が浮かんだ。

「編集長、大河先生は書くって言ったら絶対書く『男』です。もう何日も徹夜されているようなんです。どうか、もう少し待っていただきたいです！　あと三日！」

吉井くんは必死に頼んだ。

「うんうん、もちろんだよ吉井クン。なんだかなー、俺も強く言いすぎちゃってゴメンね。年取って感情コントロールできなくなっちゃってんのかな。っていうか、ロマネコンティなんてバブル崩壊ぶりだよ……。いーのかな、こんなすごいワイン……」

「い、いいと思いますよ。僕、今回初めて森野家の、じゃなかった、大河家の地下のワインセラーを見せて頂いたんですけど、もうほんとに素晴らしくって、良いワインがずら――――っと、棚に寝かせられているんです。樽《たる》で寝てるワインもありましたよ。あそこのセラー、戦争中は防空壕《ぼうくうごう》だったそうです。ご近所の皆さん、みんな空襲警報の時、大河家の防空壕に逃げてきたそうですよ」

「わかった、森野家のみなさんは素晴らしい！　地域の方々を守ったんだな。そっかそっか、そういうことなら、吉井クンはこれからも引き続き大河先生の担当だ。そうだよ、俺、忘れてた。大河先生は書くって言ったら書く『男』だったよ。なんで忘れてたかな――」

『ナイト・ハンター・ノベルス』編集部に、ようやく春の兆しが感じられるようになっていた。吉井くんは、ふと思い出したように言う。

「あ、そうそう、亜蘭さん、楓子さん、とうとうスマホ持ちましたよ！」

「え――――っ！」

編集長は、フロア全体に響き渡る雄たけびを上げた。今日は驚くことばかりだ。

「いったい楓子さんに何が起こったんだ!?」

「いや、そのスマホ、どなたかから送られてきたみたいです。僕とまったく同じ機種でしたから、楓子さんがすぐ使えるように、楓子さん本人が、その機種を指定したに違いありません」

「あ、じゃあ、俺に楓子さんの番号教えてくれる？　ロマネコンティのお礼言わないとね……」

「それがですね、教えてくれないんですよ……」

吉井くんは首をかしげながら言う。

「えー──、何それ、ガード固すぎ。俺らって、いったい何なの？　俺、楓子さんにイタ電なんてしないよ」

「そうじゃなくて、楓子さんいわく、そのスマホは今だけのスマホで、すぐ返すことになるから、自分のスマホじゃないそうです」

「ってことは、男だな……。やっと、楓子さんにも春が来たってことだ……」

亜蘭編集長が小声になる。

「そうなんですか……？」

吉井くんまで小声になる。

「スマホを贈られるなんて、楓子さんもなかなかやるじゃないか」

と言いながら、亜蘭明はロマネコンティにほおずりしている。

フランスはブルゴーニュのロマネ村で育ったピノ・ノワール種のブドウからできた世界一おいしい赤ワインに、亜蘭はうっとりだ。なんでさっきは吉井くんをあんなに責めたのか、今ではもうわからない。

「ハッ!! でもそれマズいぞっ！ 楓子さんに男ができたら、もう小説を書いてくれなくなる!! いや、もし書いてくれたとしても、テイストがゼンゼン違ってくる！ 楓子さんが女になったら、タイガーショーは消滅だ！ 結婚でもしようものなら、きっと彼女は引退するっ!!」

亜蘭編集長は、いきなり我に返った。

「それ、困りますっ！ 僕、もっともっとロドリゲス杉田の活躍を見たいのに！ 僕、ロドリゲス杉田の大ファンなんですっ。もしファンクラブがあったら、絶対、会員ナンバー『1』をもらう自信がありますっ！」

先ほどから何度も出てきているこのロドリゲス杉田というのは、楓子さんの書く『新宿魔法陣妖獣伝』の主人公で、エロでグロでやり方はきたないが、毎度無敵の活躍で読者の胸をすっとさせてくれる最高のキャラクターだ。

一方、元絵本作家だった楓子さんは、早くこの大人の男性向けSFバイオレンス・

アクション・エログロ・超ハードボイルド・シリーズを終えて、本来の絵本作家としての仕事に戻りたいと夢みている。

「お前、また今日も楓子さんちに行ってこい！　そんで、どうかこれからもタイガーショーとしていい作品を書いて頂くよう、世界が楓子さんの作品を待っているって、どうか結婚しても作家をやめないよう、大ヨイショしてきてくれ！　お前ならできる。いや、お前しか説得できるヤツはいないっ！」

大河ショー和は『ナイト・ハンター・ノベルス』の稼ぎ頭だ。タイガーショーが書かなくなったら、亜蘭もきっと、どこかに異動だ。

「あの、でも確か、今日は楓子さん、そのスマホの相手とお出かけみたいです」

吉井くんは言った。

「なんでだっ！　どうしてお前、それを阻止しなかった！　締切りあと三日延ばしたのにお出かけか？　ゼンゼン原稿が上がる気がしないぞ!!　もういい吉井、お前、今この瞬間から、佐渡島先生の担当だっ！」

「だから、佐渡島先生は無理ですっ、それだったら僕、『ニコニコ子供英会話』の方に出向しますからっ」

まったく進展のない二人の会話に、とうとう業を煮やした隣の部署の女子が、カツーンカツーンとやってきて、仁王立ちになった。十センチのピンヒールがカッコ良すぎる。その女子は言った。

「だったら、そのデート現場を見に行けばいいじゃないですか。その男が『転法輪《てんぽうりん》さん』にふさわしいかどうか、こっちが調べるんですよ。ああ見えて、転法輪さんは騙《だま》されやすいですからね。知ってますか？　転法輪さんが家の黒電話に出ない理由」

ここで『転法輪さん』という固有名詞が出てしまったが、これもまたなんと楓子さんのペンネームだ。

楓子さんのお祖父《じい》さまは、貿易で一財産作った人物であることはもう述べたが、その息子である楓子さんのお父さまは優秀な外交官で、フランス、アメリカ、イギリスの大使、領事を歴任した。ゆえに楓子さんは、大河ショー和として小説家になる前に、海外で培った語学力を生かして翻訳家となり、とっくに翔岳館で仕事をしていた。転法輪弘《ひろし》というのが、翻訳家としてのペンネームだ。ここでも楓子さんは男性名を使っている。翻訳する小説が中高年男性向きで、内容がスリルとサスペンスとエロとグロだからだ。

今、亜蘭編集長と吉井くんに意見しているのは、転法輪弘に仕事をお願いしている輸入書籍編集部『エグゾティック文庫』の編集者、川岸奈々子《かわぎしななこ》さんだ。

楓子さんが出会ったころの奈々子さんは、まだアラサーだったが、今はもうアラフォーで超やり手の編集者になっている。今や副編集長に抜擢《ばってき》されて大活躍だ。

その奈々子さんの本日のいでたちは、自社である翔岳館のアラフォー向けファッション雑誌『ラグジュレディ』から抜け出てきたような姿だ。

『ラグジュレディ』のコンセプトは、キャリアな女性だからこその愛されコンサバ・エレガンス。圧倒的なプライドを見せつけながら、どこか少女のような初々しさも残しているアラフォー向け、ストイック・キュートな大人テイストだ。

そんな奈々子さんは、何気なさをかもしだしつつ、この寒いのにニューヨーカーっぽい黒のノースリーブのワンピを着て、遊び心のある桜色のカシミア・カーディガンを肩に羽織っている。靴はマノロ・ブラニクのピンクのスエードのピンヒール。奈々子さんは今日も戦闘態勢に入っている。

「あの……ところで、楓子さんが、黒電話に出ない理由って……？」

吉井くんが、おそるおそる聞いた。

「ああ見えて、というか、実は見たまんま、転法輪さんは脇があまあまなんです。還付金詐欺にひっかかりそうになったこと、私が知っているだけで三回。今やご家族もいないのに、しかも子供だっていないのに、息子を名乗る人からのオレオレ詐欺にあいそうになったり、ずいぶん前には、亡くなったお父さまの医療費が払いすぎているから返還します、つきましてはお振込み口座を教えてほしいとか、これまたすごい定番の詐欺の手口に引っかかりそうになったり。一昨年は、頼んでないのに北海道から生きてる蟹《かに》が大きな発泡スチロールの容器に入れられて届いて、素直に代金、払ってましたよ。もう電話に出ちゃいけません、と私が口を酸っぱくして意見をしてから、転法輪さんは電話には出なくなったんです」

川岸奈々子さんは詐欺には鼻が利く。と、いうのも、二十代の頃付き合った男がみんなお金にだらしないヒモ体質の男で、苦労したからだ。

今やアラフォーにして美人でお洒落《しゃれ》でスタイルもよく、その上、性格もよく、みんなに好かれる人気者なのだが、その実、猜疑心《さいぎしん》が強く男性不信気味で、なかなかまとまる話もまとまらず、未《いま》だシングルに甘んじている。

そんな奈々子さんの髪型は、新垣結衣《あらがきゆい》風。ガッキーの写真を持って表参道の人気美容院に行く時が、一番勇気がいるらしい。

「スマホを送ってくる男なんて、どうせロクなもんじゃありません。何なら私が様子を見てきましょうか？　だってもしかして、ひょっとすると、最悪、転法輪さん、気がついたら詐欺軍団の『かけ子』にさせられているかもしれません」

それだけはないなと、吉井くんと亜蘭は思った。『かけ子』になれるほどスマホが使えていれば、二人はこんなに困っていない。

それはさておき、毎日深夜十一時過ぎまで会社に残って仕事をしている奈々子さんに、どうやって楓子さんの様子を見させに行くのだろう。

亜蘭も吉井くんも、それはさすがに頼みづらかった。

「吉井くん、転法輪さんが今日どこでデートするか、わかってるの？」

奈々子さんは今、すべての仕事を放棄しようとしている。奈々子さんにとっても、転法輪さんは大事な翻訳家さんなのだ。転法輪弘が訳すと、ほとんどの本がまず間違いなくヒットする。原作を超えた素晴らしい日本語訳をするのは、転法輪さんと『刑事コロンボ』を訳した額田《ぬかだ》やえ子《こ》先生くらいだ（※奈々子さん個人の見解です）。

「場所は……聞いたことのないところでした……えっと、なんだっけな……銀座の

『服部《はっとり》時計店《とけいてん》』……？　とか言ってました。なんで時計屋さんなんだろうな……」

昨日、吉井くんは、吹雪のせいで遅くまで楓子さんの家にいたのだが、楓子さんがサロンから離れて二階の書斎でスマホで話しているのを、ドアに耳を押しつけて聞いていた。吉井くんがこんなことをするようになったのは、ミス・メープルとして暗躍（？）する楓子さんの悪い影響以外の何物でもない。

そのスマホの相手と楓子さんの会話は、それはもう楽しそうで、何か女子高生同士が話すような感じだったので、その時は男だとは思わなかったが、よくよく考えると男なのかもしれない。

恋している楓子さんならではの、きゃぴきゃぴした弾む声だったのだろうか。

吉井くんは自分の知らない楓子さんの一面を知り、ふと寂しさがこみあげてきた。

「そういえば……楓子さん……いちよんごーごー、とか言ってたな……」

吉井くんは元気なくつぶやいた。

「はあ？　いちよんごーごー？　なるほど、それ、相手の男のマンションの部屋番号だわ」

ここにきて亜蘭は、絶対的な自信をもって言い切った。

「ったく!!　あなたたち、昭和好きの転法輪さんの心なんて、ぜんっぜんわかってないのね！」

とうとう、奈々子さんの怒りが爆発した。

「いい？　『服部時計店』というのは、銀座四丁目の『和光《わこう》』のことよ！　時計塔のあるあの美しい建物は知ってるわよね？　ニュースなんかで銀座というと、最初に映し出されるあの四丁目交差点にある時計塔よ。和光はハイソサエティーのセレブが集《つど》う、日本を代表する高級装飾品を扱う専門店よ。あそこは昔、セイコーの服部時計店だったの。転法輪さんにとって、和光は永遠に服部時計店なのよ！　あなたたち、その程度のことも知らないで今までタイガーショーと仕事をしてたの？」

奈々子さんは無敵だ。大勢の男にカモられ、今はどんな男にも負けないほどの頭脳と行動力と猜疑心を持っている。

奈々子さんが言ったように、楓子さんは昭和が好きでしょうがない人だ。平成の世が来ても令和になっても、楓子さんはすべてを昭和で計算している。ちなみに令和三年の今年は、昭和九十六年だ。

それだけじゃない。昭和を愛するあまり、楓子さんの家のテレビは今でも、お相撲《すもう》さんのように大きい三菱の三十七インチのブラウン管だ。名前までつけていて『三《みつ》・菱男《びしお》』あるいは短く『菱男《びしお》』と呼んでいる。地上波終了以降も、特殊な装置をつけて、まだまだこのテレビは現役だ。電話は黒電話。留守電機能なし。ファックス当然、なし。もっと言うと、NTTは電電公社、JTは専売公社、JRは国鉄、財務省は大蔵省、総理大臣は佐藤栄作《さとうえいさく》さんあたりで止まっている。ちなみに都知事は美濃部《みのべ》さんだ。

最近の昭和がらみのネタとしては、昭和九十五年（令和二年）三月三十一日に渋谷の老舗デパート『東急東横店』が八十五年の歴史に幕を閉じたとき、楓子さんはショックのあまり一週間寝込んだ。

「川岸さん、キミすごいねー！　ホント、冗談抜きで『ナイト・ハンター・ノベルス』に異動して、楓子さんの担当になったらいいよ！」

亜蘭が能天気に言う。

「そしたら亜蘭さん、あなた、どこかに異動ですよ。私が編集長をやりますから」

奈々子さんの目は据わっている。

「はい、却下〜。で、いちよんごーごーって、何でしょう……奈々子さん……」

亜蘭が小さくなってたずねる。

「あのですね、転法輪さんは、日本海軍がお好きなの、知ってますか？　大河ショー和のペンネームは『昭和』と、あの戦艦『大和《やまと》』にもかけているんですよ」

「え～～～っ、戦艦『大和』おおお!?」

亜蘭と吉井くんが、同時に驚きの声をあげていた。うるさいことこの上ない編集部だ。みんなきっと、迷惑しているだろう。

「海軍の人間なら、集合はいつも五分前。『五分前精神』は旧日本帝国海軍の伝統で、予定された作業の五分前には、配置について発動を待つものなんです。海軍好きの転法輪さんなら、五分前集合当たり前です。常に一歩先のことを考え、それに対する時間的、精神的余裕を持つということなんです。イチヨンゴーゴー。軍隊では、それは十四時五十五分を指します。三時五分前に『和光』に集合ということは、和光ティーサロンでお茶しましょうってことでしょうがっ！」

吉井くんは今、首根っこにスタンガンを当てられたようなショックを受けた。

亜蘭にいたっては、震えが止まらない。

「はい、そこの二人、時計見る!!　今、1148《イチイチヨンハチ》！　ぼやぼやしない！　早く尾行の計画と準備を整えないと、タイガーショーも転法輪弘も海の藻屑《もくず》と消えてしまいますよっ!」

現在、編集部の時計は午前十一時四十八分。いや、四十九分になった。

奈々子さんの叱咤激励《しったげきれい》どおりに、吉井くんの午後は、編集作業とは全く別の分野で動き出そうとしていた。

*

昼食もそこそこに、吉井くんと奈々子さんは銀座に出かけた。

まず飛び込んだのが、ユニクロ銀座店だ。それは和光の目と鼻の先にある。

そこで吉井くんは、紺色のハーフコートと黒のキャップを買った。奈々子さんは、期間限定で値下げ価格になったベージュのトレンチコートと、ピンヒールでは走れないのでキャンバス・スニーカー、そして、つば広の茶色の帽子を買った。しかし二月につば広の帽子は、なかなか怪しい。しかもトレンチコートに合わせている。これは奈々子さんらしくない。……いや、奈々子さんらしくなくていいのだ。奈々子さんらしかったら、すぐにバレてしまう。

午後二時半、吉井くんは横断歩道を挟み、和光の向かいにある三越デパートの正面玄関入り口前、あの有名なライオンの像の陰に隠れて、楓子さんが来るのを待っていた。

奈々子さんは、和光の正面扉から十メートルくらい離れたところで、帽子を目深にかぶり、やってくる人の姿を一人一人チェックした。

吉井くんと奈々子さんはワイヤレスのイヤホンをして、ハンズフリーで通話ができる状態にしている。

奈々子さんは、転法輪さんが腕時計をいつも五分進めていることを知っている。二時五十五分待ち合わせということは、二時五十分には、現地に到着ということだ。だからそれより最低二十分前に、スタンバっておかないといけない。現在、すでに二時三十五分。これまでのところ、計画通りだ。

和光前に集まるのは、渋谷にも新宿にもいないタイプの人々だ。上品なおばさま、お姉さま方が、待ち合わせのお相手をドキドキ、ワクワクしながら待っている。どの人の瞳もキラキラ輝いて美しい。

それにくらべて自分はどうだ。奈々子さんは、ふと思った。スニーカーを履き、季節はずれのつば広帽子を目深にかぶり、通行人全員がテロリストであるかのように、訝《いぶか》し気に睨《にら》みつけている。しかもピンヒールを脱いできたので、今や世界が十センチ沈んで見える。奈々子さんの心は、時間とともにかさついてきた。

でも、尊敬する転法輪さんがわけのわからない男に騙されるのは、がまんできなかった。転法輪さんはもっと幸せにならないといけない。一緒に旅行したパリ。シャネルで買ってもらった風水師ミスター・コッペが勧める金運アップの長財布。ビストロで食べたエスカルゴと、おかわり自由のバゲット。「ヴァン ブラン、シルヴプレ（白ワイン、下さい）」しかしゃべれなかったけど、行くところどこでも楽しくてしかたがなかった。シャンゼリゼ通りではスリ軍団に囲まれて、転法輪さんと猛ダッシュで逃げた。今、その転法輪さんを尾行しようとしている奈々子さんだが、昔の思い出が次から次へと浮かんでは消えていく。

一方、三越のライオンの像の陰に隠れている吉井くんは、お昼はヤマザキのランチパック（カロリーオフのたまごとツナマヨネーズ）だけだったので、かなりおなかがすいている。

昨日、楓子さんの家で鍋の鏡餅をキムチのタレにつけて食べたことを、思い出す。

ゴマダレも最高だったが、キムチのタレもすごかった。できればまた寒波がやってきたとき、楓子さんの家にいって鍋をご馳走になりたいと思っていた。

「吉井くん、現在イチヨンヨンハチ。もうすぐ『マルタイ』現れます、オーバー」

奈々子さんは楓子さんを、警察用語で使う尾行の『対象者』である『マルタイ』と呼んだ。

「奈々子さん、マルタイはたぶん地下鉄口から現れると思います。楓子さんは、いえ、マルタイは昭和レトロ感漂う銀座線が好きですから」

地下鉄口は、和光の横にも三越の横にもある。

二人はそれぞれの持ち場の地下鉄口をぎらぎら睨んでいた。

と、その時だった。なんと！　吉井くんの隠れたライオンの像のすぐ脇を、マルタイである楓子さんがスタスタ歩いて行ったのだ。

マルタイ、まさか三越正面玄関から堂々と出てくるなんて！

マルタイは、お母さまの形見の黒のカシミアのコートを翻していた。襟まわりに施されたミンクが高級感を醸し出している。コートの裾から十センチほど出ているのは、いつものお気に入りのローラ アシュレイの小花柄のワンピースだ。靴はローヒールの黒のショートブーツ。どうやらマルタイは、三越の地下食品街でお買い物をしたらしく、ショコラティエの可愛《かわい》い手提げ袋を持っていた。

「ああ……しまった、マルタイは銀座三越の『フレデリック・カッセル』のアーティスティックなチョコが大好きで、それはここでしか買えないから、銀座に寄ったときは必ず買うって言ってました……そこまでわかってて、僕はいったい何をしていたのか……まさか、背後から現れるとは……迂闊《うかつ》でした……」

吉井くんはハンズフリーでしゃべりながら、楓子さんの十メートルほど後をつけ、横断歩道を渡っていく。目指すは和光である。

「吉井くん、声、大きい。マルタイに聞こえる。注意、オーバー」

「すみません、気をつけます、オーバー」

「あっ、どうしよう。マルタイ、私に近づいてくる──っ！」

奈々子さんの声の方がずっと大きかった。

その奈々子さんは、帽子をさらに目深にかぶり、うつむいてしまう。華やかな和光前の待合場所で、今一番悪目立ちしているのが奈々子さんだ。

楓子さんは、その奈々子さんのすぐ横をも通り過ぎ、本館には入らず、その裏にある和光別館《アネックス》へと向かった。ティーサロンは別館の二階だ。

「マ、マルタイ、直接別館に向かうようです、オーバー」

奈々子さんは大慌てでだ。

「ということは、『マルヒ』はすでにティーサロンの前でマルタイを待っているということですね。オーバー」

楓子さんの謎の『お相手』は、ここで吉井くんにより、警察用語の『マルヒ』、いわゆる『被疑者』となっていた。

「ああ……どうしよう……私、このカジュアルないでたちで、和光ティーサロンに入っていいのかしら……逆にすごく、目立つ気しかしない……。先に、吉井くんをティーサロンにスタンバらせておけばよかった……二人で同時には、とても入れない、オーバー」

本職は大手出版社の優秀な編集者だ。しかし、探偵としてはまだまだの腕前の奈々子さんだった。

一方、自分がマルタイになっているとは夢にも思わぬ楓子さんは、慣れた足取りで和光別館に入ると、ルンルン気分で二階への階段をのぼる。うっすらと聖子ちゃんの

『チェリーブラッサム』を口ずさんでいるのが聞こえる。

合流した奈々子さんと吉井くんは、その十メートルほど後をこっそり尾《つ》けている。

しかし、二階に到着した時、二人は同時に青ざめた。

そこでは、素敵なおばさま、お姉さまがたが、ずらっと入店待ちをしていたからだ。

銀座四丁目の最高級ティーサロンが、午後三時に空《す》いているわけがなかった。

「どうしよう、こんなところで二人で並んでつっ立っていたら、ぜったい転法輪さんに気づかれるわ」

二人が様子を見ていたら、なんとマルタイは、何の問題もなく、スタスタと店の奥、総ガラス張りの素敵な窓際へと向かっていく。

奈々子さんと吉井くんは息をのんだ。

「やられた……マルヒは中でもう席をとっているんだわ……私としたことが……ホントになんで先に吉井くんを店に送り込んでおかなかったのか……」

仕事では順風満帆な奈々子さんが、ここに来て地団駄を踏む。久し振りの敗北感だ。

「あっ、奈々子さん、マルヒ……女性ですっ！」

びっくりするほど長身できりっとした美人が、立ち上がって破顔しながら、楓子さんに手を振っていた。肩下でゆれている薄茶のロングヘアーがさらさら、キラキラだ。たとえて言うなら、元宝塚の天海祐希《あまみゆうき》さんのような超絶男前美人だ。

シルクのボウタイのブラウスの胸元が開いて色白の肌が透き通って見える。しかもボウタイは結ばず、クロスして両肩越しにスカーフのごとくかけるという、翔岳館のファッション雑誌『ラグジュレディ』でも教えてくれなかった上級編お洒落テクだ。そこへ合わせたのが、イタリア製の水色の革のタイトスカート。首もとには、ヴァンクリーフ＆アーペルのコスモスコレクションのペンダント、イヤリングもお揃《そろ》いでつけていて、これら合わせて四百万近くになるだろう。ウォンじゃなく円だ。

楓子さんは、「ハーイ！　ハワユー!?」とか言って、その超絶美人のテーブルへと急いだ。「ハーイ」というのは、どう考えても英語だ。「ハワユー」も英語だ。みんな、中学に入った時に最初に習ったご挨拶だ。

「サ　フェ　ロンタン、デコ！（久しぶり、デコ！）」

なのに相手はフランス語でしゃべっている！　デコとは『かえでこ』のでこか。

テーブルの前で、二人はきゃあきゃあ言いながらハグをした。そして右、左とチークキスをする。ここは外国か。二人は完全に日本人じゃない。しかしサロン内にいる銀座四丁目界隈《かいわい》のお客は、そんなことには驚きもしない。

吉井くんや奈々子さんの知っている楓子さんは、そこにはいなかった。

「たぶん、楓子さんがフランスに住んでいた時の、お友達ですね……」

放心状態の吉井くんが言った。

「そ、そうね……でも、あの美人さん、日本人よね……。ああ……声がよく聞こえないから何を言っているか、わからないわ…… (もし、聞こえたとしても、フランス語だったら無理……だってアタシ、『白ワイン、下さい』しかわからないもの)」

奈々子さんは唇をかんだ。

「お相手の女性、楓子さんと同じくらいの年ですね……すごい、お綺麗《きれい》な方ですよね。モデルさんかな……ヒールの高いのを履いているからだけど、百八十センチ以上、ゆうにありますよね」

吉井くんはうっとりと見つめている。

「ホント、さすが転法輪さん、お友達もステキだわ……スマホを送ってくるなんて、スパイみたいにワクワクさせる人ね……」

ガラス張りのサロンは、どこもかしこも明るくて、見通しがよすぎる。

「店内、ほぼ女性ですね……僕が中に入ったら、浮きまくりですね……」

吉井くんの腰がひけている。

「そうね……転法輪さんは違和感にするどいものね……危険だわ」

二人はティーサロン内に入ることを、はなから断念していた。

「あ……でも、ほらそこ、お一人だけ年配の紳士がいらっしゃいますよ……あ、可愛いお嬢さんと一緒なんだ……。いーなー、僕もいつか結婚して娘ができたら、こういうところでお茶してみたいなー──」

吉井くんは、楓子さんのお相手がお友達ということがわかって、かなりホッとしている。ゆえに、他の客を見る余裕まででてきた。

「何言ってんの、吉井くん。あなた、何を見てるの？　あれは『パパ活』、いえ『援助交際』ね。親子じゃないわよ。しっかりしなさいよ」

人生ハードモードの奈々子さんは、男女関係を見抜くエキスパートだった。

「援……交……？」

吉井くんはぎょっとしている。

「ちょっと耳をそばだてて、二人の会話を聞いてみたらいいわ」

吉井くんは、楓子さんのことはそっちのけで、五十歳代の紳士と二十歳そこそこのキャピキャピ系の女子との会話に耳を傾けた。

彼らは割と近くにいるので、精神を集中すれば、話し声はなんとか聞こえる。

紳士「じゃあ後で、和光本館へ行って、素敵なハンドバッグを買ってあげるよ」

女子「えー。あそこのはおばさん向けなんだもんー。ミク、ヴィトンがいい、猫がプリントされてるキャットグラムっていうのがあるの、それじゃなきゃいや」

紳士「じゃあ、あとでヴィトンによってみようか？　近くだよね？」

女子「ホント？　だから、オジサマって好き。ねえオジサマ、ミク、三月に卒業旅行でハワイに行きたいの。連れてってくれる？」

吉井くんは、呆然《ぼうぜん》と立ち尽くしていた。

「お父さんのことをフッー『オジサマ』って呼ばないよね？」

奈々子さんは、吉井くんを肘でつついた。

「そうですね……ミク、最強でした……」

二人は、ミクとおじさんの世界はスルーして、また店の外から楓子さんたちの様子をうかがってみた。

「僕が思うに、おそらくお友達はパリコレのモデルで、帰国して久しぶりに楓子さんに会うんですよ。でも楓子さんは電話にも出ないし、ほぼメールもしない人だから、連絡をつけるために前もってスマホを送ったんですよ。あの美人さん、大金持ちなんです。だから友人にスマホを贈るくらい、なんでもありません。たとえて言えばクリスマス・カードを送るような気軽さです。楓子さんだって、固定資産税のことを考えなければ大金持ちですし、二人はセレブ友達なんです。なんかカッコいいな……」

いいかげんな推理をする吉井くんは、すっかり憧れの眼差《まなざ》しで二人を見ている。

ここで固定資産税の話が出たが、兄弟姉妹のいない楓子さんが、偉大なる祖父、父から、家屋敷、家財、株券など財産もろもろを相続することは、戦いだった。その天文学的数字の相続税を払うために、楓子さんは、ありとあらゆるものを手放してきた。

お父上が外交官だった頃に住んでいた、ロンドン郊外のお屋敷も処分した。

パリ十七区にあるアパルトマンも売却。

現在の世田谷の屋敷に飾られていたレンブラントの大作も今はもうない。

それはすべて、想い出のつまった世田谷の土地を残すためだった。それでも洋館のある世田谷の敷地があまりにも広大で、固定資産税を払うのは毎年至難の業だった。

土地を切り売りすることも考えたが、今はぎりぎり売らなくても大丈夫だ。大河ショー和と転法輪弘として、頑張っているからだ。

「まあとにかく、男がらみじゃなさそうでよかったわ。あの女性、素敵な人だし、ハグしてチークキスするくらいだから、久しぶりに会う親友なのね」

奈々子さんはようやくホッとした声で言った。

「ったく、それもこれもすべて、うちの編集長がいけないんです……楓子さんが恋をしたら、タイガーショーの文章が変わるとか言うから……亜蘭さん、ネガティブだから……」

吉井くんは、奈々子さんにここまでさせてしまって申し訳なく思う。

「亜蘭さんは、心配性なのよ。楓子さんのことが、それだけ大事ってことだけど」

奈々子さんにとっても、楓子さんは、大切な人だ。何度も会社をやめたくなることがあったけど、楓子さんがいたから、今日まで元気にやってこられた。

「楓子さんが、行きがけに三越に寄ってチョコを買ったのも、彼女へのちょっとしたプレゼントだったんですね……」

しかし吉井くん、パリコレに出てるモデルが、わざわざフランス産のチョコを手土産にプレゼントされて嬉《うれ》しいだろうか？　久しぶりの日本のはずだ。例えば東京からわざわざNYに遊びに行った日本人が、五番街のカフェで、浅草『雷おこし』をもらって、大感激だろうか？

「あっ、見て見て、転法輪さんが、鞄から何か、取り出しているわ」

それは、身長二十センチくらいの、可愛いドイツのシュタイフ社のクマだった。

天海祐希さんみたいな美人は、すぐにそのクマを手に取り、ほおずりする。それから、今度は自分の鞄を開けて、ちょっとぼろぼろの黒クマちゃんを取り出し、楓子さんに見せる。

今度は楓子さんが「わあっ」と言って黒クマちゃんを受け取り、その頭を懐かしそうになでている。

「どうやら、クマちゃん仲間みたいね……やはり、転法輪さんの友達だわ……ほのぼのしてる。もう私、なぜ自分がここにいるのか、わからない……」

奈々子さんは、もうすっかりマルヒこと超絶美女に対しての猜疑心が消えていた。

楓子さんは元絵本作家だ。『ウサクマちゃんの冒険』という作品で、十三年前、翔岳館の児童文学・絵本部門で優秀賞に輝き、絵本作家としてデビューした。ウサギちゃんとクマちゃんが魔法の国を冒険する、ほっこりしすぎの物語だ。

亜蘭編集長は当時、児童文学編集部・絵本チームにいて、楓子さんを一番に推してくれた人だ。いわゆる恩人でもある。ゆえに楓子さんはいまだに亜蘭編集長に会うと緊張してしまう。

「お友達との楽しい時間を探りに来たりして、僕……なんか、恥ずかしいです」

吉井くんが、楓子さんたちからそっと目をそらした。

楓子さんは自分のクマを鞄にしまうと、今度はワインのボトルを鞄からチラッと出してお友達に見せていた。

「あれも、プレゼントかしら？　まあ、お家には、おいしいワインがたくさんあるものね」

そのワインを見ると、男前美人さんは大笑いした。

楓子さんも、照れながら笑ってる。

「なんだろう……ものすごく、ウケてる……。きっとあのワインはお友達が大好きな種類で、バブルの頃、一緒に飲んだ時にべろべろに酔って、気づくと二人、六本木の裏道で朝まで寝てたとか……じゃないですか？」

吉井くんは、またいいかげんな推理をする。

あの二人の口の動きを見てると、どう考えても、楓子さんは英語、お友達はフランス語でしゃべっている。二人の世界に、もう誰も介入できない。ここが銀座四丁目界隈だといえども、まず二人の会話を理解できる人は、いないだろう。まるで本当に、スパイな二人だ。

「帰りましょうか……」

奈々子さんが気の抜けた声で言った。

「そうですね。ま、とにかくタイガーショーも転法輪弘も、仕事にはなんら支障はないということで、一件落着。楓子さんにとっても、いい気分転換になるといいな」

吉井くんは、奈々子さんと静かに和光別館の階段を下りて行った。

貴腐ワインは変身薬

楓子さんと超絶美形のお友達は、和光別館《アネックス》のティーサロンで紅茶とケーキでひとしきり盛り上がると、次の店へと移動した。今日はこれから忙しくなる。

二人が向かったのは、和光本館だった。楓子さんは本館の三階へ、お友達は四階へと向かった。三階は婦人服売り場、四階は……？

一時間半のち、二人は和光の裏手に回してあった全長八メートルほどある、黒塗りのリムジンに乗り込んだ。

楓子さんとお友達は、向い合せに座ると大笑いだ。

「デコ、きれいね！　毎度感心しちゃうけど、今日もすごいセレブな奥様感でてる。その夜会巻き、素敵よね。自分でサッサッとできちゃうのが、うらやましいわ」

天海祐希さん似のお友達は、そう言った。しかし今、彼女自身は、完璧超絶イケメンに変わっている。若かりし日のブラッド・ピットみたいな、爽やかな短髪がカッコいい。先ほどまで肩下で揺れていた薄茶のロングヘアーはウィッグだったのだ。

「コーちゃんは、ただのさらさらロングヘアが一番似合うわよ。さっきのティーサロンでも、みんなうっとりしてコーちゃんを見てたわ。パリコレのモデルさんみたいでカッコよかったわ」

一方、楓子さんは今、夜会巻きプラス、お化粧も完璧だった。和光に知り合いのメイクアップ・アーティストさんを呼んでいて、今夜のためのメイクを施してもらった。プロが、楓子さんのアイラインと眉を整え、つけまつげ、アイシャドー、頬紅、口紅をのせていくと、もう目の前に吉井くんが来ようが、奈々子さんが現れようが、誰もその人が楓子さんだとは気づかない。

「コーちゃんは、やっぱりハンサムね。あ、コーちゃんじゃなくて、もう光太郎《こうたろう》さんか。素敵な燕尾服《えんびふく》だわ。ミッドナイトブルーね。夜の光の下ではより黒く見えて色が映えるわ。白いシャツにホワイト・タイ、まるでどこかの国の王子さまよ。さすが和光だわ。仕立てが違うわ。ホント、よく似合ってる。って言われても、コーちゃんは嬉しくないか……ゴメンね」

ティータイムの後、お友達が目指した和光の四階は、紳士服のフロアだった。

楓子さんは、和光三階の婦人服売り場で、すでにオーダーメイドしてもらっていたセレブ御用達《ごようたし》の絹のイヴニング・ドレスを身に着けていた。カラーは緋色《ひいろ》、いわゆる、楓子さんの楓色《かえで》である。丈はロング、胸と背中の開いたローブデコルテだ。

「デコ、ワタシはね、パリコレのモデル風じゃなくて、本当はデコみたいなふんわりした女のコになりたかったの……飾り気がなくて優しくて、小花柄のワンピースが誰よりも似合って、心はいつも自由……」

「コーちゃん、心が自由かどうかは、自分が決めること。自分を楽しませてあげられるのは、自分だけ。そこに他人《ひと》の意見はいらないのよ。好きなように生きなくちゃ。人生は思ったほど、長くないの。自分の人生に遠慮しちゃだめ」

楓子さんが、光太郎さんの手をぎゅっと握る。

「ありがとう、デコ、いつも励ましてくれて……」

この光太郎さんは三十代半ばの頃、楓子さんがお見合いをした相手で、名を北條《きたじょう》光太郎という。パリと銀座に老舗デパートを持つ、北條商会の三代目だ。

光太郎さんは、長身、イケメン、性格優しい、ウィットに富んでいて、話していてとても楽しい人で、トランスジェンダーだった。生まれた時から心は女性。そのことを、親にも祖父母にも言えずに、無駄にお見合いを繰り返していた。

でも、それに気づいてしまったのが、楓子さんだった。

光太郎さんは、話も面白くて素敵な笑顔なのに、当時、暗く沈んだ瞳をしていた。お見合いをしたホテル内の庭園を二人で散歩をしている時、楓子さんは言った。

「光太郎さん、このお見合い、断って大丈夫だからね。私が、イマイチ気の利かない女だったって言えばいいから。たぶんあなたはとても優しいから、ご両親さまを安心させたくて、色々な方と何度もお見合いをされているのだと思うけど、無理はしちゃだめ。誰のための人生か考えて」

光太郎さんはこの言葉を聞くと、身動きがとれなくなっていた。気がついたら涙がぽろぽろと、彼の頬をつたって落ちていた。

そしてこの時から、光太郎さんと楓子さんは、かれこれ十五年以上の大親友だ。

「そうだ、私、そろそろ飲んでおかなくちゃ。パーティーは七時からだもの。もうあと三十分しかないわ」

楓子さんのドレス・ウォッチは、午後六時半を指していた。

リムジンの中には、アイスクーラー、シャンパンクーラー、食器用キャビネット、バーカウンター、なんでもそろっている。四、五人でパーティーができる空間だ。

光太郎さんはキャビネットからワイングラスを取り出して、バーカウンターに置いた。そして本日、楓子さんが自宅から持参してきたワインのボトルを開け始める。年代ものなのでコルクが弱っている。丁寧に開けないといけない。

「このワイナリーの『TOKAJI《トカイ》』は、日本ではなかなか手に入らないのよね？」

光太郎さんは、コルクがくずれないように、そっとオープナーを突き刺すと、ゆっくり回して、ひっぱりあげる。するとすぐに後部座席中にふわーっと完熟した果実の豊潤な香りが広がった。

トカイ・ワインとは、ワイン名産国であるハンガリーの有名なワインで、干しブドウのようになった貴腐果を一粒一粒摘み集めてワインにした、最高級のデザートワインだ。極甘口でとろける風味のトカイは、花や果実の香りがして、飲む人誰をも魅了する、世界三大貴腐ワインの一つだ。楓子さんの持ってきたトカイは五十年以上前のものなので、今やどこへ行っても手に入らない。

「さすが、いい香りね。ワタシもぐっと一杯お付き合いしたいところだけど、ほら、ワタシ……すぐ酔っちゃうから。今夜はしっかり、お客様をおもてなししたいし。デコ、ぐっとやってちょうだい」

光太郎さんは、バーカウンターに置いたグラスに、濃いハチミツ色をしたそれをゆっくりと注いだ。そして、楓子さんの手に握らせる。

「ごめんなさい、では私だけ、いただきます。本日のパーティーの成功を祈って」

楓子さんはグラスをちょっと掲げて、トカイ・ワインを飲んだ。貴腐ワインは通常は食事後、デザートワインとしていただくものだが……。

「ああ……おいしいわ……。血糖値、急上昇ね……。このくらいの量を飲めば、三時間ちょっとは保《も》つわね……十時頃までは大丈夫かな……」

楓子さんは、大きく深呼吸した。

パリに本店のある『リュミエール　デュ　ジュール』という老舗デパートは、光太郎さんの祖父が作った百貨店だった。銀座にはその支店がある。この百貨店が日本人経営とは、本国フランスでも日本でもあまり知られていないことだ。『リュミエール　デュ　ジュール』は、日の光を意味する。日の光とは、日本のことでもあり、光太郎さんのことでもある。

　楓子さんがワインを飲み終わるのを見とどけて、車はゆっくりと動き出していた。

　目指すは和光から目と鼻の先の東銀座にある、光太郎さんの住むタワーマンションだ。

「デコ、今日もよろしくね。正式なホームパーティーで、お客様をきちんとお出迎えできるのは、やはり、外交官のお嬢さまのデコだけだから……すごく助かるわ……」

　光太郎さんの祖父母もご両親も、すでに他界している。天涯孤独であることは楓子さんと同じだ。それゆえ、二人の絆《きずな》は強かった。

　光太郎さんは現在、パリと銀座の『リュミエール　デュ　ジュール』のオーナーだ。一年の半分はパリにいる。

　光太郎さんは祖父母、両親に、トランスジェンダーであることをついぞ言えなかった。今でも自分の性別を明らかにするチャンスがなく、北條光太郎として社長業を全力でこなしている。彼が手掛ける仕事は、きめ細やかで秀逸、今や銀座店は、日本人にはもちろん、他のアジア人の間でも大人気で、百貨店はいつも大入り満員だ。ここでしか手に入らないものがたくさんあり、それが人気の秘密だ。

「デコ、今日の主賓の『プロヴァンス　サヴォン　ミラークル』は、絶対、支店をもたないことで有名なの。あそこのご主人の仕事への情熱が好きでね、ワタシ、何度も何度も南仏へ足を運んで、ようやく東京に出店する許可を頂いたの。本当に品質のいい石鹸《せっけん》類を揃えているから、特に肌に敏感なお客様に喜んでいただけるわ……。固形の洗顔石鹸、ボディーソープ、シャンプー、トリートメント、あと、香水《パルファン》も素晴らしいの」

光太郎さんは、仕事の話をし始めると、生き生きする。

「今日のお客様は、その『プロヴァンス　サヴォン　ミラークル』のご夫妻と、『リュミエール』銀座店の支配人ご夫妻と、副支配人ご夫妻。そして『リュミエール』の広報を受け持ってくださる『電報堂』のご夫妻よ。デコは、電報堂の橋田《はしだ》さんに会うのって、初めてじゃないわよね？」

電報堂は日本で一、二を争う広告代理店だ。

「ええ、『リュミエール』の忘年会か何かで、何度かお話ししたことがあるわ」

そう言いながら、今、楓子さんの体の中では、ある種の変化が起こっていた。何かこう、気分が高揚し、ワクワク感が止まらなくなる。とにかく幸せな気持ちにつつまれ、（無駄に）元気がこみあげてくる、スーパー・ポジティブ状態だ。

今日はこれから光太郎さんの住まいで、『プロヴァンス　サヴォン　ミラークル』のオーナー夫妻を歓迎するパーティーが開かれる。

楓子さんはやる気に満ちていた。こんなにやる気がある楓子さんを、吉井くんも奈々子さんも知らない。適度に気が抜けたマイペースな状態だけが、楓子さんの日常ではない。この無駄なやる気と元気は、先ほど飲んだトカイ・ワインに起因していた。楓子さんの家のワインセラーにある、この特別な年代のトカイ・ワインは、楓子さんをスーパー・ポジティブ・ハイテンションにしてしまい、怖いくらいに自信たっぷりの明るい性格に変える。

それに気づいたのは二十歳《はたち》過ぎ。あまりのハイテンションぶりに、祖父からトカイ禁酒令が出たが、今や天涯孤独の楓子さんは、誰にも遠慮はいらない身の上。祖父の教えを破り、トカイの力を、ここぞという時にちょくちょく使っている。今夜がそのここぞという時なのだ。そう、マダム北條は、明るく朗らかで社交的、堂々としていなければならない。光太郎さんのビジネスを成功に導くために。

「それよりデコ、ごめんね。まさか『新宿魔法陣妖獣伝』の執筆中とは思わなかったから、また奥様役をお願いしちゃって……。ワタシ、五巻読み終わってからずっと、ロドリゲス・ロスだったから、一日も早く六巻目を読みたいのに。それを阻止しているのって、ワタシよね……」

光太郎さんが申し訳なさそうに言った。

その時、リムジンの電動パーティションが、スルスルーッとおりてきた。

「デコさん、私も六巻目、楽しみにしてますよ」

光太郎さんのお抱え運転手の白川《しらかわ》さんも、後部座席をミラーで覗《のぞ》き、楓子さんに言った。白川さんは、小さい時から光太郎さんの世話をしてくれている人だ。運転手、執事、なんでもおまかせの、光太郎さんのおじいちゃんのような人だ。

「大丈夫で〜す！　どうせ私、今、超スランプで書けてなかったから。きっと今夜がすごくいい刺激になって、明日から『やる気スイッチ』が入って、ガンガン書けること間違いなしで〜す！」

ちなみに楓子さんは、泥酔中の吉井くんに、何度も何度も人差し指で背中を押されたことがある。楓子さんはそれを、原稿書きに疲れた自分を労《ねぎら》ってくれる意味で、優しい担当さんが指圧をしてくれているのだろうと好意的にとっていたが、吉井くんサイドは、なかなか原稿のあがらない楓子さんに業を煮やし、酔った勢いで楓子さんの背中のどこかにあるであろう『やる気スイッチ』を、必死で探していたらしい。

しかしタイガーショー、ここにきて、トカイ・ワイン効果で、今、とんでもなく自信がみなぎっている。もう、怖いものは何もない。

「それでこそ、デコだわ。ワタシまでなんだか、元気になっちゃう」

光太郎さんは、にっこりと笑った。

白川さんのリムジンは、東銀座の歌舞伎座を通り過ぎると、その先にひときわ煌《きら》めくタワーマンションへと向かっていた。そして、車がタワーマンションの地下駐車場に入ると、楓子さんは、先ほどからずっと握りしめていたカルティエの指輪を薬指にはめた。プラチナ台にブリリアンカットのダイヤモンドが、ぐるりと飾られているものだ。光太郎さんはもうすでにそれを左の薬指にはめている。

欧米でビジネスを展開するためには、パートナーが必要だ。パートナーがいるといないとでは、信用度が全く違ってくる。楓子さんに出会ってから、光太郎さんは、もういっさいお見合いをやめてしまった。そして、困った時は、いつも楓子さんにマダム北条になってもらっていた。

二人は地下から専用エレベーターに乗り込む。ペントハウス直行のエレベーターだ。

一方、白川さんはお客様を迎えに、帝国ホテルへと向かっていった。

二十階、三十階、四十階……耳がふさがれて、痛くなる。

ポーーン、という軽快な音とともに、エレベーターが最上階に着きドアが開くと、その五メートルほど先にまた重厚な扉があった。光太郎さんが、壁の指紋認証のための装置に指を当てると、その扉がスーーッと左右に大きく開いた。そこからはすべてがガラス張りの世界だ。宝石のように輝く銀座の夜景が三百六十度見渡せる。

現在、午後六時四十分。

楓子さんは、ピンヒールの靴で、パーティー会場となる巨大サロンへと足を踏み入れた。それと同時に、弦楽四重奏を奏でる室内楽団の奏者さんたちが、夜曲《セレナーデ》を演奏し始めた。楓子さんは上品な笑みをたたえ、奏者の方々に会釈をする。

大きなオープン・キッチンでは、フレンチのシェフと料理人さんたちが、ごちそうの準備をしている。

「マダム、お久しぶりでございます」

白く長いコック帽を頭にのせたシェフは、楓子さんを見るやいなや、一番に駆けつけて挨拶をしてくれた。

「お久しぶり、野上《のがみ》シェフ。この間お会いしたのは、猛暑の八月だったわね。あの時のビシソワーズと夏野菜のテリーヌで、私、すっかり夏バテを解消したわ」

楓子さんが言うと、シェフは恐縮する。

「マダムはいつもよくお料理を覚えていてくださって、作る側としては大変励みになります」

シェフは緊張していた。このくらいの緊張感が、亜蘭編集長にもほしいものだと楓子さんは思った。

しかし、どうであろう。いつも猫背ぎみで、ロドリゲス杉田が乗りうつった状態で原稿をタラタラ書いている楓子さんが、今は背筋を正し、緋色のイヴニング・ドレスを着ている姿は本当に美しかった。夜会巻きであらわになった首筋も艶《なま》めかしい。そして何よりも、素敵なお洒落マダムらしく、話し方も自信に満ち溢《あふ》れている。

「デコ、これをつけてごらん?」

すっかりイケメン紳士となった光太郎さんが、薔薇《ばら》の形にダイヤモンドが連なっている豪華なネックレスを楓子さんの首にかけた。そのダイヤの輝きが、顔に反射して楓子さんの肌がキラキラしている。

「まあ、ダーリン、なんて素敵なの……？　今夜の私のドレスにぴったりね」

この発言はもうすでに楓子さんであって、楓子さんではない。どんなに英語が堪能でも、ダーリンという言葉を使う人ではない。ワイン効果、おそるべしだ。

「もちろんだよ、デコ。僕の奥様は、いつだって世界一だからね」

ある意味ノリノリの光太郎さんも、照れずにそう言う。

その二人のために、弦楽四重奏の皆さんが、ロマンチックな曲を奏で始めた。

「ね、踊りましょう、ダーリン」

楓子さんが光太郎さんの手を取ると、二人は楽しそうに、しばしワルツを踊った。

＊

七時を回るとゲストは全員、光太郎さんのタワーマンションのペントハウスに顔をそろえていた。みんな正装している。

まずはサロンにて立食で乾杯をして、引き続き好きなカクテルをいただいたり、オードヴルに手を伸ばしたり、自由に歓談をしたりしていた。

マダム北條である楓子さんは、南仏からいらした主賓のデュボワ夫妻の奥様と、すぐに仲良くなっていた。彼女の名はレネーだ。

「デコが三十年も前に、私たちの店に来てくださっていたなんて、奇遇よね。あの頃はまだ、うちは小さな家内工業のショップだったのよ……作っている製品も固形石鹸ばかりで……」

レネーは懐かしそうに言った。

「ええ、ガイドブックには、まだお店のことは書かれてなくて、私、たまたまふらりと立ち寄ったんですが、可愛いライラック柄のエプロンをつけたおばあちゃまに、『うちのは、どれもまったく添加物がつかわれてないから、たくさん買う場合は、冷蔵庫で保管するといいよ』って言われてびっくりして、よく覚えているんです」

楓子さんは、二十代で南仏を一人旅していた時のことを思い出して言った。

「いやだ、デコ！　それ、私の母よ！　そうなのよ、母はよくお店に立ってたの。ライラック柄のエプロンまで覚えているなんて、びっくりだわ！」

レネーは楓子さんを強くハグした。

「ねえ、ジャン、ちょっと聞いて！　デコは私の母と店で会っているのよ！　あのライラックのエプロン、つけていたことまで！」

奥様は、紅潮した顔で旦那様に話した。旦那様の名はジャンという。

「デコ、すごい記憶力だね。私ですら忘れていたのに。そのライラックのエプロンは、実は私が義母にプレゼントしたものなんだ！」

ジャンも興奮して言う。

「あの素敵なライラックのエプロンは、もしかして、ロンドンのリバティ百貨店でお買い求めになったものではありませんか？」

リバティ百貨店は、ロンドンにある世界的に人気のあるリバティ・プリントの生地で有名な店だ。気に入ったもの、好きなもの、素敵なものはいつまでも忘れない楓子さんは、そこまで記憶していた。

「デコ！　なんで！　どうして！　そうだよ！　私がロンドンに出張に行った時、リバティで買ったんだよ！　え――！　ちょっと、コー、君の嫁さんはすごいね。うわ――、今、私の頭の中に三十年以上前のことが、鮮やかによみがえってくるよ！　ああ、なんだか涙が出そう……あの頃、店の経営がよくわからなくて、ロンドンまで行って自然派化粧品の店をあれこれ視察して回ってたんだ……」

ジャンは冗談ではなく、涙を浮かべてしまう。

コーと呼ばれた光太郎さんも感無量だ。マダム北條は時々、この種のミラクルを起こす。これだけでもう今日のパーティーは大成功だ。『リュミエール　デュ　ジュール』銀座店の支配人も副支配人も、その奥様方も、ほっと胸をなでおろしている。

サロンは和やかな雰囲気に包まれた。

「しかし奥様、すばらしいご記憶ですね。しかももうすでに三十年以上前に、こちらのお店をご存じだったとは……」

日本語で話しかけてきたのは、電報堂の橋田氏だった。ロマンスグレーの紳士だ。

「とても可愛いお店でしたの。店の外に置かれたクレマチスの鉢植えが二階までそのツルをのばして、白や紫の花をつけていて、お店に入ってみたらいい香りがして。私その時、レネーのお母さまがお勧めの固形石鹸を買って、ホテルに帰って早速顔を洗ったら、ツルツル、もちもちの肌になったんですのよ。自然素材が気に入って、それで次の日にもっと買いに行こうと思ったら、もうお店が見つからないんです……。まるで、魔法にかけられたようでした……」

橋田氏は、マダム北條の華麗なトークに引き込まれていく。

「今でしたら、スマホですぐ検索できて、お店にたどり着けますけど、三十年前ではね……確かに……」

橋田氏が胸ポケットの自分のスマホを指さして言う。

「そうですよね……。今は何でもすぐ検索できますもの、お店もすぐに見つけられますわよね、ホホホ……」

楓子さんは笑った。いやあなた、今もスマホで検索なんかしないでしょう、と亜蘭編集長の声が聞こえてきそうだが、今はそんな声などいっさい聞こえない、ハイテンションのマダム北條だ。

「いやいや、うちの妻もあなたくらい社交的でしたら、私も鼻が高いのですが。北條社長が羨ましい限りですね、ハッハッハッ……」

橋田氏の隣によりそう、線の細そうなまだ四十代前半と思われる奥様は、パーティー慣れしていないのか、ずっと居心地が悪そうだった。

「そんなことおっしゃってはダメよ、橋田さん。あなたの奥様、とっても優しいのよ。先ほどなんて、私の夜会巻きのくずれを、そっと直してくださったの。ほら、ここに一本ピンが入っているでしょう？　これ、奥様の髪にあったピンよ」

リムジンを降りるとき、ドアに髪があたって少しほつれてしまったのだ。

楓子さんがそう言うと、奥様は恥ずかしそうに笑った。奥ゆかしくて、押しつけがましくなくて、親切な彼女を、楓子さんは気に入っていた。

「いえいえ、気がきかない愚妻なんです。英語もフランス語も、ろくにできやしないし、恥ずかしいですよ」

橋田氏はそう言うが、奥様は、みんなの話を聞いていて、それが英語でもフランス語でも、笑ったりうなずいたり、ちゃんと言葉を理解して反応していた。出しゃばらず、笑顔で応える素敵な方だ。きっと橋田氏は謙遜しているのだろう。

「こりゃ『プロヴァンス　サヴォン　ミラークル』は、大人気店になりますな。私も広報として、一大宣伝をうたないとね」

橋田氏は、楓子さんにそう言った。それを聞いて楓子さんは、ホッと胸をなでおろした。今日の自分のほとんどの勤めを果たしたような気分だ。

「さて皆さま、ディナーの用意が整ったようなので、別室へまいりましょう」

光太郎さんの声が聞こえると、みながグラス片手に、サロンの隣にあるガラス張りのダイニングホールへと向かっていった。

そこには十人がけの長テーブルに、真っ白なクロスがかけられ、赤いキャンドル・ライトが人数分灯《とも》っている。フランスの方をお招きしてのフランス料理は、かなりハードルが高い。

まずは旬の野菜と魚を使ったオードヴルで、皆の胃袋の調子を整える。

そして、スープで体を温める。皆、カクテルを飲んでいるので、知らず知らずのうちに体を冷やしているかもしれない。そういう時はクリーム状のスープがいい。

最初のメインディッシュである魚料理《ポワソン》は、早朝、豊洲市場で選んできた旬の白身魚。あっさりと胃に負担のない味付けだ。

次に、口の中をリフレッシュするソルベの登場。柚子の香りを加え、初めてここで日本を意識させる。

そして、メインの主役である肉料理《ヴィアンド》が登場。薄くローストされた鹿肉をバルサミコソースでいただく。

広尾《ひろお》にミシュランの星を三つ持っている店がある今日のシェフは、その腕をふるいにふるった。

デュボワ夫妻は、料理が出てくるごとに、感嘆の言葉をのべていた。

そしてデザートは、また部屋を移動して、座り心地の良い椅子と小さなガラスの円いテーブルがあちこちに置いてある展望室で、ケーキやチョコレート、コーヒー、紅茶、あるいはリキュールを楽しむ。そこは東京湾が一望できる夢のような空間だ。

と、この時、楓子さんは橋田氏の奥様がいないことに気づいた。そこでパウダールームへと急いだ。もしかしてご気分が悪くて、休まれているのかもしれない。女性用化粧室に入ると、思った通り、橋田夫人は、黒大理石の洗面台の前で呆然としていた。

「奥様、どうなされました？　ご気分がお悪いのでは……？」

楓子さんが聞くと、橋田夫人は、すごく困った顔をしていた。

「……あの……実は……」

夫人は、今にも泣きそうだった。

「……指輪をなくしてしまって……」

そういえば、今日来た時に左の薬指にはめていた真珠の一粒玉の指輪がない。

「ここにいらした時には、確かにはめてらしたわよね、それは私、覚えてるわ。だったら、この家のどこかに絶対あるわよ。大丈夫よ」

「あの……私、お食事の前にこの化粧室をお借りしてて、指輪を抜いて手を洗ったんです……。それを蛇口の横に置いたと思うのですが……そのままにしてしまったらしくて……で、今戻って、探しにきたら、もうないんです」

それを聞いた楓子さんは、床の絨毯《じゅうたん》の上にはいつくばって、隅から隅まで指輪を探した。化粧室はライトを弱めてあるので、物を落とすと見えにくい。

「あ、あの、奥様、そんなこと、なさらないでください！　ごめんなさいっ、指輪ごときで大騒ぎしてっ」

橋田夫人は慌ててしまう。

「私、ここへ来て緊張して、最初のカクテルでかなり酔ってしまって……この化粧室に来た時は、少し頭がぐらぐらして……」

「そうよね、緊張すると酔いが回るものね、でも大丈夫、ここは私のうちよ。きっと指輪が洗面台から落ちて、誰かがそれをうっかり蹴飛ばして、どこかに行ってしまったんだわ。ほら、みんなそこそこ酔っているから、指輪を蹴っても気づかないもの。しかも床はすべて絨毯だから、音がしないし……。とにかく隅から隅まで探して、絶対お戻しするから、そんな悲しい顔をしないで大丈夫よ」

緊張することはあっても酔いが回ることはまずない、うわばみのような楓子さんだが、橋田夫人が落ち込む気持ちはわかる。この落ち込む気持ちは、こんなに翔岳館で頑張っているのに、『ウサクマちゃん』の第二弾を出してもらえないあの虚無感に通じる。『ウサクマちゃん』とは、絵本作家としてデビューした楓子さんの記念すべき一作目で、正しいタイトルは『ウサクマちゃんの冒険』だ。

「主人に……怒られてしまうんです……あの真珠の指輪……主人のお母さまの形見だったから……」

彼女を愚妻とまで言う、あのややロの悪い旦那さんだったら、そこは責めてくるかもしれない。

「でもね、橋田さん。ここにいる女性陣は誰も、絶対、指輪を取ったりしないわ。それだけは確かだから。ってことは、指輪は絶対見つかるってことよ、安心して？」

楓子さんは、この線が細くて吹けば倒れてしまうような橋田夫人が、気の毒でしかたがなかった。彼女は来た時から、元気がなかった。

「あの指輪って、確かとてもシンプルなデザインだったわよね。直径八ミリくらいの一粒玉に金の台。私、それと似た指輪を持っているような気がする……」

楓子さんは、このタワーマンションにある、マダム北條の部屋へ急いで向かった。部屋の壁に作られた宝石類の引き出しを開き、一粒玉の真珠の指輪を探してみる。

「ほらあった！　これなら急場をしのげるわ！」

楓子さんは、指輪を握りしめ、パウダールームへと戻った。

「橋田さん、ねえ、ほら見て。これ、そっくりでしょ？」

楓子さんは、真珠の指輪を橋田夫人に渡した。

「ちょっと、はめてみて」

促されるまま、夫人が指輪をはめると、ゆるゆるだ。

楓子さんのサイズと橋田夫人のサイズには、かなりの差がある。楓子さんの小指が、橋田夫人の薬指だ。

「でも大丈夫よ、そういうこともあろうかと思って！」

本日ハイテンションのマダム北條は、どこから見つけてきたのか、透明のスコッチテープを握りしめていた。トカイ・ワインのおかげで、今の楓子さんは、二つ、三つ先のことまで考えて行動できる。橋田夫人に指輪を返してもらうと、金の台に、表から見えないよう、ぐるぐるテープを巻き付け始めた。

「これくらいで大丈夫かしら？」

楓子さんは、夫人に指輪を渡すと、今度はなんとぴったりだった。

「では、それ、急場しのぎだけど、はめてて。私は絶対、指輪を見つけ出すから、待っててね」

楓子さんが言うと、橋田夫人はホッとした顔になった。

「あの……何もかも、ありがとうございます……。私、こういうパーティーって苦手で……でも今日は、奥様にお会いできてよかったです」

橋田夫人はようやく笑顔になって言った。

「私もよ。私も奥様に会えてよかった。あ、私のことは、デコとか、デコちゃんって呼んで。デコちゃんが言いにくかったら、デコさんで。昔の友達はみんな、そう呼んでくれるから」

「いいんですか……？」

「私は、あなたのことを何とお呼びしたらいい？」

「えっ……私は、京子《きょうこ》です。橋田京子」

「オッケー、京子さんね。では京子さん、展望室にケーキ、食べにいきましょう？

今日のパティシエの作ったケーキ、ものすごくおいしいの」

タッパーがあれば詰めて帰りたいくらい、と思ったが、そこは我慢の楓子さんだ。

そして楓子さんと京子さんは、何事もなかったように、展望室に戻っていった。

しかし、それを許さないのが旦那さんだ。

「お前、どこで何をしてた。長いこと席をはずして、失礼だぞ！」

皆にはわからないように、橋田氏は奥さんを責めていた。

「あの、橋田さん、ごめんなさい。違うの、私が気分が悪くて、たまたまパウダールームでお会いした奥様に介抱して頂いていたの。私、どうも飲みすぎちゃったみたいで……」

楓子さんが、二人の間に割って入る。

「そうだったんですか……大丈夫ですか、奥様？」

「大丈夫です。薬を飲みましたので。ごめんなさいね、みっともないところをお見せしちゃって」

そう言いながら、マダム北條は、京子さんにウィンクした。

そして、展望室も宴たけなわとなる。気さくなデュボワ夫妻を中心に、楽しい時間が過ぎてゆく。気づくと、とっくに午後十一時を回っていた。

「え？　あ……どうしよう。トカイがきれてきたかも……じゃなくて、ゼンゼンきれてる！　なんかさっきからイマイチ私、気分的にはじけてなかったわ……」

グラス一杯のトカイが効くのは、せいぜい三時間ちょっと、そのことを楓子さんはすっかり忘れていた。かなり精神的に疲れが出始めている。

残ったトカイ・ワインは、キッチンのとなりのバーカウンターに置いてきた。楓子さんは、バーまで走った。そして、トカイのボトルを探した。

「どうなさいました、マダム？」

ソムリエが声をかけてきた。

「あの……ここにトカイ・ワインのボトルがあったと思うのですけど……」

「ええ、ええ、ございました。あれはかなり珍しいものでしたね。デュボワご夫妻が、たいそうお気に召してくださって」

「ええ？　そ、そりゃあ、ようございました。で、もう、ないんですね」

楓子さんの額から、脂汗が流れる。

「はい、少し残っておりましたが、あまりに珍しいものなので、実は私、勉強のために頂いてしまいました！　すみません！」

ソムリエが謝る。

「いいのよ、ゼンゼンかまわないわ。今日は、色々とお客様のお相手をしてくださって、ありがとう」

楓子さんは笑顔でソムリエに応じながら、「大丈夫よ、大丈夫。もうすぐ、パーティーはお開きだから」と、必死に自分に言い聞かせていた。そして、元気なくとぼとぼと展望室に戻ると、何やら橋田氏が、また奥様を叱責している。

「ど、どうされました？」

楓子さんが聞いた。

「いや、別に……」

橋田氏は、不機嫌丸出しの顔だ。

「奥様、ごめんなさい……この指輪、お返しします……」

もう指輪が替え玉だということがバレていた。何という鋭い旦那なのか……。

その時、光太郎さんがリキュールのグラスに銀のスプーンを当てて鳴らし、みんなの注目をひいた。

「皆様、宴たけなわではございますが、夜も更けてまいりましたので、お開きにいたしましょう。デュボワご夫妻、ようこそ東京にいらしてくださいました！　これからもどうぞ、末永いお付き合いをよろしくお願いします！」

光太郎さんが、最後の乾杯の音頭を取ると、皆、帰り支度をする。

まずはデュボワ夫妻を見送りにエレベーターホールへ行き、いとまごいをすると突然、楓子さんの脳裏に閃光《せんこう》が走った。何かいいことが閃《ひらめ》くと、よくある現象だ。

と同時に楓子さんは、パウダールームへと走っていた。

中に入ると、そこに置いてある大きな籐《とう》の屑箱をひっくりかえした。何十枚ものペーパータオルが、絨毯の上に散らばる。

楓子さんは、そのペーパータオルを、一つ一つ、開いていった。

「ほらねー、やっぱりー‼　あったーーっ！」

楓子さんは、トカイ・ワインが切れても、まだぜんぜん元気だ。

「京子さん、見つけたわよーっ！」

橋田夫妻は、一粒玉の真珠の指輪を握りしめ、エレベーターホールに走った。

楓子さんは、まさに今、帰ろうとしているところだった。

「ど、どこにあったんですか？」

「京子さん、指が細いから、この指輪も、ゆるゆるになっていたんじゃないかと思ったの。おそらくペーパータオルで手を拭いた時、一緒に外してしまったのよ」

ものすごく痩せている彼女を見て、楓子さんが推理したことがあたった。

「ああもう、私、酔っ払っていたから、いつものくせで指輪を抜いて、洗面台に置いたものだとばかり思って……。奥様、ありがとうございます。本当になんてお礼を言ったらいいのか……」

「奥様じゃなくて、デコ、デコさんよ。今度また、女同士でゆっくりとお茶しましょう？」

楓子さんが言った。

「ったく……何やってんだよ、お前……」

橋田氏は、またもやイライラMAXだ。デュボワ夫妻ももういないので、露骨に嫌な顔をする。

「あの、ちょっとよろしいかしら」

楓子さんが橋田氏の腕をとり「こちらへいらしてくださる？」と、京子さんから遠ざけた。

「あの、こんなこと私が言う立場でもないのですが、もっと奥様を大事にしていただけませんか?」

楓子さんはたまりかねてそう告げた。

「はあ?」

「そういうの、最近ではモラハラっていうんですのよ」

マダム北條は、最後の力をふりしぼって説教をする。

「あなたに関係ないでしょう。私は電報堂の広報ですよ。さっきの石鹼会社が銀座の一等地で売れるか売れないかは、すべて私の広報活動にかかっているんですが?」

それを言われるとひるんでしまうところだが、なんと楓子さんは胸の谷間から、スッとスマホを取り出して、昼間ティーサロンで撮った写真を橋田氏に見せた。

それは、紳士と最強ミクのティータイム画像だ。

「こちら、橋田さんのお嬢様には見えなかったんですけど……」

楓子さんが言うと、橋田氏が目をしばたたかせる。

「ミクさんは、ヴィトンがお好きみたいね。そうそう、猫がプリントされている、キャットグラムっていうのがあるんですって?」

　楓子さんは、橋田氏の目をじっと見て言った。

　偶然の出会いだったが、楓子さんはそれを見過ごさなかった。

「あの……奥様……どうか、このことはご内密に……。家内にもどうか……言わないで下さい……」

　橋田氏は、縮こまって言った。

「あのね、橋田さん、京子さんはとても優しい素敵な人よ。どうか大事にしてあげて?　あの人がいなくなって一番困るのは、あなたでしょう?」

　すると、橋田氏がしょぼーんとうなずいた。

「あと……余計なことだけど、ハワイにはミクさんじゃなくて、奥様を連れて行ってさしあげたら?　あそこは年中気候がいいパワースポットだから、京子さん、もっとお元気になるわ」

　楓子さんがクギをさすと、橋田氏は、まいったなあ……と頭をかき、必死に笑顔を作ると、奥様と連れだって帰っていった。

＊

楓子さんは今、地下鉄銀座駅まで走っている。

運転手の白川さんが自宅までお送りすると言ったけど、それは丁重に断った。

「泊まっていけばいいのに。ワタシ、急に誰もいなくなると寂しくなっちゃうわ」

光太郎さんは涙目で引き留めるが、楓子さんは鞄からクマちゃんを出し、

「ゴメンネ、コーチャン、ボク、マタアソビニクルネ」

と言わせて建物を出た。そして全力で、東銀座から銀座駅まで走った。

イヴニング・ドレスは脱いで、いつものローラ アシュレイのワンピースに着替えている。ピンヒールを履きやすいローヒールのショートブーツに替えて猛ダッシュだ。

これは毎度マダム北條が、すっきりと森野楓子に戻るための儀式のようなものだった。

「うわー、急がないと〜〜! あと一分しかないー!」

楓子さんが見上げた和光の時計台は、午後十一時五十八分を指していた。銀座四丁目は人気もなくガラガラだ。目指すは、二十三時五十九分発渋谷行きの銀座線だ。こ

れに乗れば、表参道での乗り換えがスムーズにいく。

楓子さんは、三越脇の地下鉄口の階段を二段飛びで降りていった。

「わあ、私もまだ捨てたもんじゃないわね。ちゃんと飛んだり走ったりできるじゃない！」

トカイ・ワインの効果はもうさっぱり切れているが、楓子さんはまだまだ元気だ。

ホームにゴ――ッと地下鉄が入ってくる。突風でコートがひるがえる。扉が開くと同時に楓子さんは飛び乗った。席を探す必要もなく、中はガラガラだ。

楓子さんはシートの隅っこに座ると、まずは夜会巻きを一瞬でくずした。いつもの長い髪がバサッと落ちてくると、首回りがほわーんと温かい。

誰もいないのをいいことに、つけまつげもピリピリとはずした。口紅もふき取る。

午前零時の時報が、どこからともなく聞こえてきた。

「さあ、シンデレラ・タイムはおしまいね……」

そう言うと楓子さんは、カルティエの指輪をはずした。そして鞄からノートパソコンを取り出し、原稿をチェックし始める。

「そうだ。今回、一人、新型の悪者を加えてみようかしら。ハシダーとかいうモラハラ男を、ロドリゲスにたのんでカルト教団の餌食にしてもらうの。まずは脳天に一発、電子精神銃を撃ち込んで、洗脳地獄に突き落とすのはどうかしら……」

誰もいない車内に、タイガーショーがクスクス笑いながら打つキーボードの音が鳴り響いている。

かぼちゃの馬車のリムジンも消え、ガラスの靴のピンヒールも置いてきて、残ったのは三越で買った『フレデリック・カッセル』のチョコレートが三箱。

「ちょっと遅めのバレンタインね。吉井くんたち、喜ぶといいな……」

ミス・メープルは、網棚に置いた紙袋を見上げ、フフフと笑った。

第二話　仰げば尊し

楓子さん、櫻子さん

　このところミス・メープルとしては大した活躍をしていない森野《もりの》楓子《かえでこ》さんは、とりあえず日銭を稼ぐための執筆活動を終え、今、春の日差しの煌《きら》めく中、久しぶりにガレージのシャッターを開けていた。

　楓子さんの目の前に登場したのは、埃《ほこり》をかぶっている英国製『ローバー・ミニ』。

　今やミニといえば、西暦一九九四年に、いや、楓子さん的に正しくは昭和六十九年

（平成六年）にBMW傘下に入ってしまったMINIだが、楓子さんのミニは、それ以前に製造された、愛するローバー社のローバー・ミニだ。

ボディはブリティッシュ・グリーン。ルーフにはイギリスの国旗、ユニオン・ジャックが描かれている。コンパクト、軽量、高性能なミニは、イギリス王室のエリザベス女王にも愛された名車だ。大学時代をロンドンの美大で過ごした楓子さんにとって、ミニは思いいれのある車だった。

「えっと……ロング　タイム　ノー　スィー（お久しぶりです）。アイム　ソーリー長いこと使ってなくて……いえ、使うなんて失礼だわ……えっと、アイム　ソーリー長らく運転させていただかなくて……」

相手が英国生まれのローバー・ミニなので、楓子さんは英語まじりで話しかけている。しかし実力派翻訳家・転法輪弘《てんぽうりんひろし》にしては、簡単なところしか英語になっていない。

それでもって「運転させていただかなくて」というところの日本語もおかしい。「運転しなくて」で充分じゃないだろうか？

本人、たぶん全力でへりくだっているつもりなのだろうが、これでは日本語を巧みに操る人気小説家、大河《たいが》ショー和的《やまと》には少々問題がある。もし小説の中で、こんな文章を書こうものなら、翔岳館《しょうがくかん》の校正の人に鉛筆できっちり指摘されること必至だ。

でも脱稿した今は、プライベート・タイムを思う存分楽しんでいい楓子さんだ。どんなことを口にしようが、それは楓子さんの自由だ。

「うわー、ミニだ！　すごい可愛いですね！　楓子さん、こんないい車、持ってたんですね。イギリスの国旗が可愛い〜〜」

そのプライベート・タイムにもかかわらず、翔岳館『ナイト・ハンター・ノベルス』編集部、楓子さん担当の吉井遼《よしいりょう》くんが、楓子さんの背後に立っている。

今日は珍しく楓子さんが自宅の黒電話から、吉井くんのスマホに連絡をくれたのだ。なんと、今回書き上げた『新宿魔法陣妖獣伝』第六巻の反省会をしたいとのことだった。そう言われると駆けつけないわけにはいかない。そこまで真剣に仕事の事を考えて頂いているなんて、と吉井くんは胸がつまる思いだ。

「あのね、吉井くん。私、どうも前々から、乗り物を運転をする時の描写にイマイチ現実味がなくて、これではいけない、と、ずっと思っていたの……」

ローバー・ミニの運転席のドアを開けながら、楓子さんが言った。差し込む光の中、埃が舞っている。

「あの、いえ、そんな……大河先生の運転描写、ゼンゼンすごくいいですよ。先生が悩むことなんて、ないと思いますが……。ほら、今回も出てきた小型超電導リニアの運転シーン、あれを操縦しながら、カルト教団の本拠地に乗り込んでいくところなんて、迫力ありましたよ」

吉井くんがそう言う横で、楓子さんは、運転席にドサッと座っている。

「吉井くん、あの、よろしかったら助手席、どうぞ」

誘われるまま、若き担当はミニのドアを開け、助手席に座った。

とても小さい車だが、中に入ると意外とスペースはある。まさかここで反省会だろうか？　飲み物も？　食べ物も？　なしで？

「吉井くん、やはり私の運転描写はだめよ。それは私が、ここんとこまったく運転していなかったから、そういう稚拙な描写しかできないんだと思うの」

「そ、そんな……大河先生は、自分に厳しすぎます……」

吉井くんは、恐縮してしまう。

「だからね、吉井くんは今日、そこに座っててくれているだけでいいから。私、この屋敷を出て、まず、この辺りを一周して、それから調子がでたら、環八近くの砧《きぬた》公園まで足を延ばして、そこでまた調子がでたら、246に乗って、青山あたりまで行ってみようかな、と思ってるの。青山に新しいパイのお店ができたのよ。ねえ、パイを食べに行かない？　私、自由が丘のアンミラがなくなってから、久しくおいしいパイを食べてないの。生クリームがドカーンとのったやつがい〜わ〜」

アンミラとは『アンナミラーズ』というアメリカン・タイプのボリュームのあるパイを提供する大人気のレストランだった。昭和の頃には、原宿、渋谷、青山、自由が丘と、お洒落な街にならどこにでもあったのに、今は高輪に一店舗残っているだけだ。

「ええっ、でもあの、この車って、長いこと運転してないようですから、バッテリーとかあがっちゃってないですか？」

吉井くんは、少しずつ何らかの『圧』を感じていた。

「大丈夫、月に一回はエンジンを一時間くらいかけっぱなしにしてるの。年一回は、ディーラーの人にメンテに来てもらってるし、問題ないわよ」

楓子さんは、吉井くんを見ないで言う。吉井くんは、目を見て話してほしかった。

「あの、この車、保存状態はかなりいいですけど、BMWじゃなくてローバー社のミニってことは、かなり年季が入ってますよね……しかも、マニュアルだし……」

「平気よ、たったの二十八年だから。それに私、この二十八年でトータルで十回くらいしか乗ってないもの！　ある意味コレ、新品よ。あっやだ、今気がついた！　吉井くん今、二十七歳で、今年二十八になるのよね？　ってことはこのミニと同級生じゃない！『オウ　ヨシイ、ヨカッタラ　オレノコト［クーパー］ッテ　ヨンディーゼ。オレ、ヨシイト　タメ　ナンダナ』」

クーパーとは、『ローバー・ミニ』のもう一つの愛称『ミニ・クーパー』からきている。楓子さんは途中、口を動かさないようにして声色を使い、車の気持ちになってしゃべっていた。クーパーは英国車なのに、ここにきてコテコテの日本語を話していることに、吉井くんはかなりの違和感を覚える。

その車《クーパー》と同級生であるところの吉井くんは、うつむきながらたずねた。

「あ、あの……ちなみに、最後に運転されたのって、いつですか？」

吉井くんが、なにげにカセットデッキの取り出しボタンを押すと、中から聖子《せいこ》ちゃんのテープが飛び出てきた。

「そうね……十年くらい前かしら……。でもほら私、ゴールド免許証だから、安心して。違反点数もゼロよ」

「いや、それは圧倒的に、楓子さんが運転していないから……ほぼ自動的にゴールドになるっていうか……運転しなきゃ違反もないし……逆にコワイです……」

今は、吉井くんが楓子さんの目を見られない。

「そう、わかったわ……では吉井くんは、うちで待っててくれる？　冷凍庫に維新號《いしんごう》の肉まんがあるから、それ、蒸《ふ》かして食べてて？　ワインとか飲みたくなったら、地下のセラーで好きなの選んで飲んでくれればいいから……。そうそう私、今朝、スコーン焼いたのよ。『湖池屋』のスコーンじゃないからね（あれもおいしいけど）。アフタヌーン・ティー用のスコーンよ。冷蔵庫にクロテッドクリームがあるから、それにプラス、イチゴジャムをたっぷりつけて食べるとおいしいわよ……。イチゴジャムは、作りたてだからフレッシュよ」

「あの、いえ、そういうわけには……」

「いいのよ、気にしないで。吉井くんは降りていいからね。じゃあ私、この付近をぐるっと回って、すぐ帰ってくるわ。一時間かからないと思うわ」

優しく言われてつい、車を降りてしまう吉井くんだった。そういえば彼は今朝、自宅でシリアルとバナナを食べただけだ。焼きたてスコーンと自家製ジャムに心を惹《ひ》かれている。

一方、楓子さんは、クラッチペダルに足を乗せている。本気だ。

「では、寂しいけど一人でしゅっぱーつ！　右確認、左確認、後方確認、すべてオッケー牧場」

楓子さんはとうとう、クラッチペダルを踏んでキーを回した。ブオーンという景気のいい音とともにエンジンがかかった、と思ったら、すぐにプスンとエンストだ。楓子さんは、唇をかむ。

「楓子さん、やめましょう、危ないです。そうだ、教習所にもう一度レッスン受けにいくとかはどうですか？　この近くの教習所まで、僕、運転していきますよ。えっと、ナビで調べて……って、この車、ナビがないっ！」

吉井くんは、またもや車に乗り込んだ。担当作家を説得しないといけない。楓子さんに何かあってからではもう遅い。

しかし、楓子さんは言った。

「あのね、吉井くん、思い立ったが吉日なのよ。今日はこんなにいい天気、しかも『大安』なの。四国出身のあなたの信奉する真言宗の『川崎大師』から頂いた暦によれば、今日は『大安』、そして『二十八宿の吉凶』では『昴《ぼう》』。『昴』は大吉日、万事に用いてよし、という願望成就する日なの。しかも、その弘法大師のお生まれになった香川県『善通寺』の暦では『大安』に加え、『十二直の吉凶』では『成《なる》』を示しているわ。『成』ってことは物事成就の日よ。婚姻、普請、開店、種蒔《たねまき》、その他新たに始めることすべて吉なのよ。さらに『二十八宿の吉凶』では『尾《び》』。『尾』っていうのは、服薬初め、婚礼、開店、造作に吉よ。衣類着始めだけは凶だから、ほら私、いつものローラ アシュレイのワンピース着てるでしょ？　コレ、新品じゃないから不安材料は何もないのよ」

「いえ、でも、種蒔とか……服薬初めとか……開店とか……そーゆーのあまり関係ないよーな気がするんですが……」

吉井くんはさすが大手出版社の社員だ。ここで『婚姻』と『婚礼』を口に出さないところが、気遣いの人だ。

「あのね、吉井くん。私、もっといい『新宿魔法陣妖獣伝』を書きたいの。そのためには今日のチャレンジが絶対、今の私には必要だと思ったのに……」

楓子さんは、キーから手を放し、ため息をついた。

「えっ!? あっ、ちょっ、ちょっと待って！ ジブン、すみませんでしたっ。一分前まで、楓子さんのお屋敷で維新號の肉まんでも蒸かして待ってようかな、と思いましたが、それって大きな間違いでした！ さ、大河先生、出発しましょう！ ワタシ、若輩者ですが、助手席で先生の運転を、とことんお見守りさせていただきます！」

これで大河先生が七巻を書くと約束してくれた——と、吉井くんは勝手に思っている。

「ホント？ 吉井くんこそ先生よ！ 先生、色々とご指導お願いします！」

楓子さんは小さなミニの車内で体をよじり、助手席の吉井くんの方を向くと、深々と頭を下げた。

「わかりました。まかせてください」

吉井くんの言葉を聞いて、ようやく大船に乗った気持ちになった楓子さんは、クラッチペダルをもう一度しっかり踏み込む。そして再びキーを回した。

ブオーン、とエンジンがかかると、クラッチをいっぱいまで踏み込み、半クラッチまでペダルを上げて少し止めると、久しぶりのアクセルに足を置いた。とうとうミニが動きだす。

お屋敷内の車専用道路の幅は、昔はゆうに二メートル以上はあったのに、長いこと車を使っていなかったので、そこは今、雑草がおいしげり、幅が一メートルほどになってしまっている。いくらミニがミニでも、さすがに車道の幅が一メートルだと、脇に生い茂る草木をバキバキなぎ倒していかないといけない。でもそのバキバキ音にすら、今は希望を感じる。

景気づけに吉井くんがテープをオンにした。流れてきたのは、聖子ちゃんの『Strawberry Time《ストロベリータイム》』だ。なんと出だしが「さあ旅立とうよ」で始まった。初めて歌の内容とシチュエーションがマッチした瞬間だ。

こうなるともう、いいことしか起こらないような気がしてくる。

ミニは今、快適に世田谷の町を走り出していた。

＊

エンストをあちこちで起こして、途中でもう道がどこでどうなっているのかわからなくなったところで、気づくと楓子さんは、国道２４６号線に乗っていた。

当初の予定の環八近くの砧公園にはたどり着けなかったが、それはまたの機会に。

「えっ、ここってもう桜新町じゃない？　ってことは、このままいくと渋谷よね？」

楓子さんはハンドルにしがみつきながら、運転している。

「大河先生、調子いいですよ。このまま渋滞しなければ、あと十分もすれば渋谷です。渋谷を越えればすぐ青山です。えっと、先生が行きたいのって『パイ・アラモード』ですよね？　え？　あれ？　えっ!?　この店、今週いっぱい店内リニューアルだって……なんか、厨房《ちゆうぼう》のパイ焼きオーブンの窯《かま》を増やすみたいで……」

吉井くんはスマホで店をチェックしながら、血の気が引いていた。

「で、でも吉井くん、リニューアルしてても……テイクアウトとかはできるんじゃないかな……」

楓子さんの声がふるえていた。

「いえ、あの、すみません……今週は完全にお店閉めてるみたいです……オーブン増設ですから、パイは焼けないみたいで……」

吉井くんの声はもっとふるえていた。

「あの、ちょ、ちょっと待ってね、吉井くん。一瞬、路肩に車を停《と》めていいかしら？」

楓子さんのミニは、交通量の少ないところで、よろよろと246の路肩に停まった。

「あの……ちょっと、そのシマホ見せてくれる……？」

楓子さんが吉井くんのスマホを取り上げた。

「ああ……ほんとだわ……なんで……この間オープンしたばっかりなのに、オープン増設だなんて、どれだけ人気の店なの……。焼いても焼いても足りなくなるほど、パイが売れるってわけ……？」

楓子さんはそのままハンドルに顔を伏せ、動かなくなる。まさか泣いているのか？

「そ、そうだ！　僕、高輪のアンナミラーズまで、運転します！　そこでパイを食べましょう！　生クリーム、ドカーンとのったやつ！　僕、ご馳走しますっ」

担当は機転が利く。作家が泣いている横ですぐ、アンミラの店舗を検索していた。

「ホント、吉井くん？　私、今なら『新宿魔法陣妖獣伝』八巻くらいまで、書けそうな気がするわ!!」

「そ、そうですかっ！　とにかく席を交代しましょう！　僕、運転席いきますね。あと、スマホのナビで調べれば、高輪のアンミラまでひとっとびです！　昨日今日できた新参者のパイの店より、歴史ある昔ながらのアンミラですよ！」

吉井くんは励まし上手だ。

楓子さんが笑顔で運転席を出てきたその時だった。

ピーーッ　ピーーッ　ピーーッ　ピーーーーッ!!

けたたましいホイッスルの音が鳴り響いた。

前方にミニパトの女性警察官さんが二人、立っている。パイのお店が休みの上、まさかの違反点数をとられるのか？　楓子さんは納得できない。

だってどう考えても、ぜったいにおかしい。今日は『大安』で『昴』で『成』で『尾』なのに、なぜ、いきなりトラブルに巻き込まれないといけないのだろう。

「あ〜っ！　しまった、私、今日の靴下おろしたてだったの。これ、三足で千円だけど新品なのよっ。靴下だからと思って甘く見てたのが敗因ね……なんでこう私は、詰めが甘いの……」

楓子さんは、とうとう観念した。

「どうかされましたか〜」

女性警察官の二人が、楓子さんに近寄ってきた。

「あの、えっと、私、ちょっと路肩に停めさせてもらっただけで……うちの車、ナビがなくて……一旦車を停めて、スマホで行く先チェックしようと思って、ごめんなさいっ。今すぐ、ここを出発しますのでっ」

楓子さんは平謝りだ。しかもシマホじゃなくて、ちゃんとスマホと言えている。そうとうな緊張感なのだろう。

ピ――――ッ!! ピ――――ッ!! ピ――――ッ!!

その女性警察官の後ろから、さらにけたたましいホイッスルの音が響いてきた。

しかし、吹いている人の姿が見えない。

楓子さんも吉井くんも、さらなる不穏な空気に包まれた。

「ごきげんよう、みなさん。ここは駐禁よ？　国道だから危ないわ？」

身長百五十センチあるかないかの女性が、金のホイッスルを手にし、二人の女性警察官さんの間から、割ってあらわれた。

しかし、この女性は警察官の制服を着ていない。ということは、通りすがりの人だ。ちょっとぽっちゃり系で、薄茶の髪は今時珍しいロングのソバージュ。網タイツにピッチピチのピンクの革のミニスカート。ジャケットもお揃いの革のピンクだ。ど派手なファッションだが、この人にはなんだか違和感なく似合っている。

しかしなぜ、一般人がホイッスルをもっているのか、そこに吉井くんはひっかかる。

「まあ！　櫻子《さくらこ》さんじゃない!!」

なんと楓子さんは、網タイツのご婦人に駆け寄っていった。

「もう、楓子さんったら、こんなところに車を停めて、ア・ブ・ナ・イ・ゾ」

櫻子さんとやらは、小首をかしげながら言った。ものすごく可愛いハイトーン・ボイスだ。萌《も》えアニメの声優さんにだってなれそうだ。

「ねえ聞いて、櫻子さん。私、最近青山にできた『パイ・アラモード』に行こうと思ったら、今日お休みなのよ。パイを焼くオーブンを増設してるんですって。きっとパイが飛ぶように売れているのね……すごくおいしいに決まってるわ……」

楓子さんが知り合いにグチっている。

吉井くんはさっきから、どうにもこの二人の関係性がわからない。

「そんなことより、楓子さんったら、こんな若い殿方とランデブーなんてステキね」

「あ、紹介するわ。こちらが吉井遼くんよ。頭もよくて優しいの。うちのシンプキンの大のお気に入りよ」

「まあ、例の出版社の担当さんね。すごいハンサムじゃなーい。楓子さんったらリア充ね～～。って、わたしもリア充MAXだけどぉ～～」

そう言って、櫻子さんは、バチーンと吉井くんにウィンクした。

吉井くんはそのウィンクが受け止めきれない。

「吉井くん、こちらの櫻子さんは、私の高校時代の同級生なの。今でも、とっても仲良しなのよ」

同級生……？　この櫻子さん、薄暗いカフェで見れば二十代にしか見えない、かなりの童顔だ。本当に同じ年？　吉井くんは驚いてしまう。

「あの、警部、お知り合いですか？」

女性警察官さんの一人がそっと櫻子さんに言った。

「えっ、そっ、そちら、警部さんなんですかっ？」

吉井くんは目が点だ。

「わたし、今は交通課で頑張ってるの。交通を通じて街の人たちと、いえ、東京中の、ううん、日本中の人たちと触れ合いたいと思っているの。『ハート　トゥー　ハート』ね？」

櫻子さんは、それにちなんでか、ティファニーの最大級のオープンハートのネックレスをつけていた。しかもゴールドだ。ハートの部分に大きなダイヤが埋め込まれている。それを指さして、ハート　トゥー　ハートと言った。こんな大きなティファニーのオープンハートをしている人を、吉井くんは見たことがない。

櫻子さんは、楓子さん以上にクセのある人だった。今日は楓子さんが普通に見える。でもさすが、楓子さんのお友達だ。とっても優しそうですごく可愛い人だ。

「そうそう、楓子さん、知ってる!?　大変なのよ、『亀田の柿ピー』の比率がいつのまにか、6：4から、7：3になっているの！」

今、桜新町付近の国道246《ニーヨンロク》は、渋滞気味になっている。渋滞をおこしているのは、たぶん楓子さんたちだ。

「知ってるわ。あれ、ひどいわよね？　私、もっとピーナッツを楽しみたかったのに、いつのまにか、柿の種だらけになっているの」

楓子さんも、亀田の柿ピーに対して異議を申し立てている。

「楓子さん、わたしね、悔しいから、今、柿ピーを食べるときは、ピーナッツを別に買って、柿ピーの袋に足して食べてるのよ。でも、日本の人たちって、ピーナッツより柿の種の方が好きってこと？　それ、わたし的には、ゼンゼン信じられないの」

「櫻子さん、それだったら、私この間、KINOKUNIYA《キノクニヤ》で亀田の柿ピーシリーズの、『ピーナッツだけ』っていうのを見つけて買ったわよ。そういうの、今、あるのよ。0：10の柿ピーなの。びっくりしちゃった。ただし、普通のシリーズは六袋入りなのに、ピーナッツのみのシリーズは、五袋しか入ってないけど」

柿の種が入ってなくても、柿ピーは柿ピーのようだ。

「楓子さん、それは違うわ。『ピーナッツだけ』にしてくれたって、わたしは嬉しくないの。わたしはただ、元の6：4の黄金比率に戻してもらいたいだけ」

櫻子さんは、神妙な面持ちで言った。だからここは国道246なのに……と、吉井くんはおろおろしてしまう。

しかし、おろおろしているのは吉井くんだけじゃなかった。二人の女性警察官さんも、櫻子さんに声をかけるタイミングがつかめず、おろおろしていた。

何度も「け、警部……」と言いかけて、言葉をのんでいるようすがわかる。

「ねえ、楓子さん、『スミ女』校門前にあった駄菓子屋さん、覚えてる？」

まさかのここで話題転換だ。柿ピーの話は決着がついたのか？　吉井くんはもはや二人の会話についていけない。久し振りに、担当作家がおばさんパワーを炸裂《さくれつ》させているのを見ている。

「もちろん覚えてるわよ。よく、櫻子さんと授業をぬけだして『よっちゃんいか』を買いに行ったもの。私、人生であんなにドキドキしたことってなかったわ」

ところで、スミ女って、『スミレ女学園』のことだろうか……？

日本トップ10《テン》に入る、超お嬢様学校であり、かつ、東大、京大、早慶への進学率が劇的に高いので有名な難関女子高だ。

吉井くんは、楓子さんに関して知らないことばかりだ。

「ねえ、まだあの駄菓子屋さん、やってるかしら？」

櫻子さんが言いながら、スマホで調べだす。そのスマホには、宝石のようなビジューがたくさんついていて、色々と華やかな人だ。

「あっ、『マルハシ菓子店』、まだあるわ！　わたし、あそこのおじいちゃまに会いたいなあ。よく『よっちゃんいか』をおまけしてくれたの……たぶん、おじいちゃま、わたしのこと好きだったと思うわ……」

櫻子さんが、つけまつげをバタバタさせながら、懐かしそうに言う。

櫻子さんが高校生の時に、相手はおじいちゃんだ。そのおじいちゃん、今ぜったい生きてない方に二万ウォンだ。と、吉井くんは勝手に賭けている。

「そうだ、楓子さん、せっかくだから今日はそのパイのお店はやめて、これから『スミレ女学園』に行ってみましょうよ！　それってもしかして卒業以来!?　パイのお店がオープン増設してて、逆によかったわね？　やっぱりわたしたちって強運ね？」

えっと、こういう場合、僕はどうしたらいいのだろう……と、吉井くんは、遠くにある田園都市線『桜新町《さくらしんまち》』の駅を見ていた。

今から会社に戻れば、まだ一仕事も二仕事もできるはずだ。

「『ライスチョコ』とかもまだあるかしら、私、『ライスチョコ』大人買いしたいわ。一箱買っても千円はしないと思うの。昔一本、十円だったもの。そのもっと前は五円だったわ……」

楓子さんが言った。

『ライスチョコ』？　『ゴディバ』や『フレデリック・カッセル』のチョコしか食べないと思っていた楓子さんが『ライスチョコ』……？　それってフランスのチョコなのか？　でも一箱千円しないって言っている。

吉井くんはだんだん思考力がなくなってきた。楓子さんと櫻子さんに、生気を吸われている。

「じゃ、決まりね？」

　櫻子さんが言った。

　決まりって、何が決まりなんだろう？　吉井くんは自分のスマホをチェックした。しかし、こういう時に限って、亜蘭《あらん》編集長の呼び出し着信がない。これでは翔岳館に戻る口実が見つからない。

「さ、みんな、乗って乗って？　ピッピッピ――ッ」

　櫻子さんはホイッスルを鳴らして、当たり前のようにミニの運転席に座った。

「吉井くんも行きましょう？　私の母校を紹介するわね」

　ミニはツードアだ。楓子さんはそう言いながら、助手席のシートを前に倒し、自分は後ろの席に座った。

　そして、吉井くんはわけがわからないまま、助手席に座らされた。

「あ、あの、桜田《さくらだ》警部、ど、どちらへ？」

　女性警察官さんが慌てている。苗字《みようじ》……まさかの桜田……そして名前……櫻子……。

　そして今いる場所は『桜新町』。どれだけ桜づくしなのだろう。

「あのね、わたし、これから一般市民の人たちと心と心の触れ合いの旅にでるわ。午後有休をいただいてもい〜かしら？」

それを聞いた二人の女性警察官さんは、「もちろんでございます！」と、警部にビシッと敬礼をした。

「急いでいかないと、『よっちゃんいか』は、すぐ売り切れちゃうから。ほら、だってもうすぐ初等部の子たち、下校の時間だから。先に買われちゃうと困るもの」

桜田櫻子さんは運転しながら自分のバッグに手をつっこむと、赤いランプを取り出し、ミニの窓を開け、ルーフにそれをのっけた。

赤の回転灯がピーポーピーポーいいだすと、ミニは渋滞の246をすいすい走り出した。

ただ一人、吉井くんだけは固まっていた。だって、一般車両に勝手に覆面パトカー用の赤灯なんてつけていいのだろうか？　最悪、まさかの警察官が、お縄になってしまうかもしれない。しかし、深く考えると体に悪いので、吉井くんは静かに目を閉じると、心を無にした。

鳴らせ心のサイレン

「あれ？　どうしました？」

近くのパーキングにミニを停めてきた吉井くんが戻ってくると、楓子さんも櫻子さんも呆然としている。

「ググった時には、『マルハシ菓子店』って出てたのに……これ、どう見てもコンビニの『ローサン』よね」

櫻子さんは声をふるわせ、店を指さしている。

「三十年もたてば、やはりなくなっちゃうものなの？　私、どうしてもっと早く来なかったのかしら……」

楓子さんの心にもぽっかり穴があいてしまった。

その時、お店から一人の男性店員さんが出てきて、店の前においたビンや缶の資源ゴミボックスをかたづけ始める。

「あの……ここにあった、マルハシ菓子店さんのこと、ご存じですか？」

楓子さんは、どんなに悲しくても現実から目をそらさない。結果をしっかり受け止めておかないと、前に進めないのだ。

「ああ〜つい先々月まで、マルハシ菓子店はあったんですよ。でも、時代の流れで、とうとうコンビニにしちゃいました、すみません！」

店員さんが、ぺこりと頭をさげる。よくよく見ると、コンビニは確かに真新しい。

「え？　あなた、ひょっとして、作次郎《さくじろう》おじいちゃまのお孫さん？」

櫻子さんが目を見開いて言った。

「ええっ!?　ゼンゼン似てないのに、僕がおじいちゃんの孫って、わかるんだ！」

年の頃三十代の店員さんが、突然笑顔になった。

「わたし、おじいちゃまによく、『よっちゃんいか』をおまけしてもらったの……。今日、ここに来ればおじいちゃまに会えると思ったのに……サクジィ……」

櫻子さんが、しんみりして言う。

「あの……祖父は去年亡くなりました。百九歳の大往生でした。ところで『よっちゃんいか』は店に置いてますよ。祖父の遺言なんです。店がどんなに進化しようとも、『よっちゃんいか』だけは欠かすなって……」

吉井くんはびっくりだ。おじいさんは、ついこの間まで生きていた！　ヘタをすると吉井くんは、自分で設定した賭けに負けていたのだ。二万ウォン（約二千円）を失うところだった。

一方、櫻子さんは、すぐにそのコンビニへ入っていった。

初めて入ったお店にもかかわらず、櫻子さんは『よっちゃんいか』のありかを即つきとめていて、それを箱ごと握りしめた。

楓子さんと吉井くんは、そんな櫻子さんの後をついてまわる。

と、その時、櫻子さんが「あっ」と小声でつぶやくと、『よっちゃんいか』を置いて店をでてしまった。そして、ビジューのたくさんついたスマホを取り出し、ゴージャスなネイルアートの施された指で、押しにくそうにスマホをタップする。

どこに電話をするのだろう、と、楓子さんと吉井くんが見守っていると――。

「あの……捜査一課の田所《たどころ》警部お願いしまーす。桜田櫻子です。あ、田所さん？　わたし今、田園調布のスミレ女学園の前のローサンにいるんですけど、店内に郷田熊《ごうだくま》ノ助《のすけ》を発見しました。今、『週刊少年ボンバー』を立ち読みしてますけど、わたし、確保しておきましょうか？」

『えっ、桜田警部、ご苦労さまでございます！　お一人では危険ですので、すぐ最寄りの所轄から援軍が多数参ります！　郷田は連続強盗殺人犯ですから、くれぐれも近づかないようになさってくださいっ！』

電話の相手の悲鳴がもれ聞こえてくる。

「はーい、ではそのようにしまーす」

三分もたたないうちに、サイレンなしで覆面パトカーが店を囲んだ。

そして、『週刊少年ボンバー』を立ち読みしていた男性が、あっという間に手錠をかけられ、連行される。

郷田はあまりにも不意をつかれ、抵抗することなく静かに捕まっていた。

「桜田警部、ご協力ありがとうございました！　ジブン、まさか今日、伝説の桜田警部にお会いできるとは夢にも思っていませんでした！」

田園調布南署の年配刑事さんが、櫻子さんに深々と頭を下げる。

その様子を見ていた吉井くんは、目をパチパチさせるしかない。

「あの、わたしはあくまでも交通課なので、あとはそちらにお任せしてもよろしいですか？　わたしこれから、お友達と母校に遊びに行くんです！」

櫻子さんは、またまた田園調布南署の刑事さんにバチーンとウィンクだ。

明らかに、世界は彼女を中心に回っている。

「りょ、了解しました！　では、どうぞ母校でのお時間、満喫されてください！」

年配刑事が敬礼をすると、連続強盗殺人犯の郷田熊ノ助を乗せた覆面パトカーが、サイレンを鳴らしながら去っていった。そして、この日の夕方六時のニュース、七時のニュース、九時のニュースは、どの局も郷田一色になること間違いなしなのだが、それにはまったく興味のない櫻子さんだった。

「コンビニに入って、一目で強盗殺人犯がわかっちゃうなんて、さすが櫻子さんね。そうだわ、確か前にも一緒にソウルにお買い物に行く時、羽田空港で保険金妻ゴロシの夫、捕まえたわよね？」

「やーだー、あれもまぐれよ。わたしが指名手配書を読むのが好きなの、知ってるでしょ？　今の犯人もほら、見て？」

櫻子さんはスマホの画面で、先ほど捕まった郷田熊ノ助の写真を見せる。

「えっ、これ、ゼンゼン別人じゃないですか。さっきの犯人、細面で顎もとがってて、眉もうすかったけど、この写真の人、太って二重顎ですし、眉も太いし鼻はもっと丸っこいですし、こんな写真でよくわかりましたね……」

　吉井くんはあっけにとられる。

「長い逃亡生活で痩せちゃうのよ。でもね、首の中央にあるほくろと眉尻にある小さな傷跡がそのままだったから、郷田かな、って思って。ビンゴねー」

　ここでまたバチーンと、吉井くんはウィンクされてしまう。

「櫻子さんは視力が2・0なの。本当はそれ以上の視力かもしれないけど、視力測定器って、2・0までしか測れないから、一応、公表は2・0よね？」

　楓子さんが笑いながら言う。

「わたし、イケメンだったら、一キロ先にいても見つけだす自信があるの」

　そう言う櫻子さんは、コンビニに戻ると、『よっちゃんいか』を大人買いして、かなり大きなヴィトンのバッグにどさっと入れた。

　そのヴィトンは、長方形のカチッとした黒革で、取っ手は例の茶色のモノグラムだが、白のモフモフしたマイクロファイバーのライニングで縁取られていて、ピンクの桜のような大きなロゴが、例のLとVのルイ・ヴィトンのロゴの左右にドカーンと二つついている、日本で持っている人はまずいないであろうかなり珍しいヴィトンだ。その鞄の中に、例のサイレンの赤色灯も入っている。

「では、『よっちゃんいか』も買えたし、スミ女に行ってみましょう？」

櫻子さんは平然と言うが、郷田は過去に三人殺している凶悪犯らしい。もう十五年近く逃げ隠れしていたという。それを、交通課の警部がちらりと見かけて検挙してしまうなんて、普通じゃない。

一方、楓子さんの希望の『ライスチョコ』は、昭和二十八年に製造を開始し、昭和九十年（平成二十七年）に製造販売が中止になっていた。

このお菓子は、ふわっとしたライスパフとチョコの食感が絶妙で、その人気は発売当初から高く、今でもまた製造販売してくれることを熱望する人は少なくない。

「うわー、今日もお迎えの車がいっぱいね」

櫻子さんが言う通り、スミレ女学園の校門前に、高級車がずらりと並んでいた。これから下校してくる初等部の生徒たちを待っているお母さま方は、車から出て、二、三人の輪になると、あちこちで楽しそうに話をしている。

どのお母さまもお洒落で綺麗で華やかで、間違いなく富裕層だった。

そのお母さま方の好奇の視線を一身に受け、櫻子さん、楓子さん、吉井くんは、スミレ女学園の正門を目指していた。その時だった――。

「え？　あの？　もしかして、櫻子さんに、楓子さん？」

一人の全身シャネラーのお母さまに、呼び止められた。左の薬指には、十カラットくらいのダイヤの指輪が光っている。バッグももちろん最新のシャネルだ。

「私よ私、大川綾子《おおかわあやこ》。ほら、高三の時、同じツバキ組だった」

彼女はそれまでお話ししていたグループを抜けだして、櫻子さんと楓子さんの前に意気揚々と現れた。

「まあ、大川さん！　さらにお綺麗になられて、気がつかなかったわ！　お久しぶりね！　お元気でした？」

楓子さんが笑顔で同級生に近寄る。

「ええ、おかげさまで。三番目の娘がまだスミ女の初等部三年に通っていて、そのお迎えにきたの。一番上のお兄ちゃんは今月、慶應医学部の臨床研修を終えて、もうパパの仕事を手伝うっていうのに……」

大川さんは、腕のシャネルのブレスレットをじゃらじゃらさせながら言う。

「まあ！　お嬢様もスミ女だなんて、素敵だわあ。そういうの憧れちゃう。綾子さん、今、とってもいいママなのね？」

櫻子さんもさっそく笑顔で会話に加わった。

「あの……櫻子さんは、今でもまだ桜田さん、でよろしいのかしら？」

大川さんは、聞きにくそうでありながら、いきなり核心をついてきた。

「ええ、わたし、桜田櫻子よ。だって、なかなか一人に決められなくって……おつき合いする方って、素敵な人ばかりなんだもの」

櫻子さんの話を聞いて、隣で「うんうん」、とうなずいているのが楓子さんだ。

その大川さんは、さっきから櫻子さんの珍しいヴィトンが気になるらしく、何度もチラ見している。

「あの、櫻子さん、それ、ヴィトンの『オンザゴーGM』？」

大川さんがつい我慢できずに聞いてしまった。

「え？　そういう名前だったの？　モノグラムのマークが、ピンクの桜みたいにみえて、つい衝動買いしちゃったの。たくさんモノが入ってすごく便利なの」

しかしそこに『よっちゃんいか』がどさどさ入っているとは、誰も思わないだろう。

「実は私ね、今、西里綾子《にしざと》っていうの。麴町にある『西里病院』ってご存じ？」

どうやら同級生はお医者さまに嫁いだらしい。

「あ！　知ってるわ！　前に『組織犯罪対策部《ソタイ》』にいた時、西里病院のすぐ近くのマンションの一室で、大規模な覚醒剤密売取引があって、大捕物になったの！　懐かしいわー。あれ何年前かしらー」

櫻子さんは頬を紅潮させ言う。しかし西里綾子さんは、あまり芳《かんば》しい反応をしなかった。

「でもまあ櫻子さんって、オックスフォードまで出られて、日本に戻っていらしたから、どんなご職業に就かれるのかと思っていたけど……やはりお父様が警視総監だったから、櫻子さんも警察にお勤めなのね。でもなんか、それってもったいないわぁ」

警視総監と聞いて、吉井くんはかたまる。

「オックスフォードに行ったのは、楓子さんがお父様のお仕事でロンドンに行かれてしまったから、わたしもイギリスの大学に行ってみようかな、と思って」

そう言って櫻子さんは、楓子さんに満面の笑みで「ねー？」と言った。

「私と櫻子さんは、『モーリス』に出ていた時からの、ヒュー・グラントのおっかけなの。だからよく二人で、ヒューの出没しそうなところへ行ったわよね？」

今度は楓子さんが嬉しそうに言う。

吉井くんは、さっきから軽いめまいがしている。

「あの、ところで、そちらの男性は？」

綾子さんは、吉井くんをチラチラ見ている。どうにも気になるらしい。

「あ……初めまして。僕は、楓子さんのお抱え運転手です……」

タイガーショーのことは秘密だ。覆面作家なので、そのことは内々の人間にしかいえない。しかし、櫻子さんは何でもご存じのようだ。

「楓子さんって、今でも運転手さんがいらっしゃるのね……。やはり生粋のお嬢様ね……。で、楓子さん、今、ご主人さまは？」

「私の心の旦那さまは、やはりヒュー・グラントね。彼も色々あったけど、私、彼の悪いところ、良いところをすべて受け入れているの」

そんな楓子さんの言葉に、今度は櫻子さんが「うんうん」とうなずいている。

「ね、今度また、同窓会があったら、ゆっくりお話ししたいわ〜〜！」

櫻子さんが、綾子さんの手をぎゅっと握りしめて言った。

「え……ええ……ではまたね。ごきげんよう……」

西里病院の奥様は、なんだか落ち込んでしまった。学園に向かっていく同級生二人は、今も日向《ひなた》で生きている。彼女らの嘘《うそ》いつわりのない笑顔を見て、マウントを取ろうとした自分が恥ずかしくなった。息子が慶應医学部の臨床研修を終え、これから父親の下で働こうがどうしようが、そんなのどうでもいい話だった。なんでもっと楽しい昔話ができなかったのか後悔した……こんなに久しぶりに会ったのに……。

高三で同じクラスだった時も、二人はいつも、それぞれが何かしらの楽しみを見つけ、瞳をキラキラさせていた。どのグループにも属さず、かといって、皆と敵対しているわけでもなく、常に何か夢見るまなざしをして、日々を大切にすごしていた。

本当は辛いこととか、嫌なこととかあったかもしれないけれど、彼女らはそれを顔に出すことがなかった。今度もし、会う機会に恵まれたら、絶対、もっと楽しくて懐かしい話をしたい、と綾子さんは思った。

「楓子さん、今日はやっぱり、スミ女に来てよかったわね？　昔のお友達に会えるなんて、わたしたちつくづくラッキーね！」

櫻子さんがヴィトンをブンブン振り回しながら、校門へ向かって行く。

「大川さんは、高三の時、風紀委員だったのよ。『よっちゃんいか』をこっそり買いに行くと、『コラ』って、よくしかられたわ。でも、同級生ってやっぱりいいわね。なんだか私、一瞬にして十八歳に戻っちゃった……」

楓子さんも懐かしそうに言う。

正門をくぐると同時に、白亜の校舎から、少女たちが束になって下校してきた。

眩《まぶ》しいセーラー服姿の女の子たちを見て、楓子さんと櫻子さんは、目を細めた。

＊

正門脇の警備員室で、入館証をもらうと、それを首にかけ、楓子さんと櫻子さんは、高等部の建物へ向かっていく。

「あの……ここ、女子高ですから、僕は遠慮した方がいいと思うんですが……」

吉井くんは高等部を目の前にして、入館証を首からかけるべきかどうするか悩んでいた。

「遼くん、大丈夫よ、女の子たちの目の保養になっていいと思うわ。わたしも昔、授業中、窓拭きのお兄さんたちがゴンドラで降りてきて、うちのクラスの窓を拭いてくれている時、時間よ止まれって思ったわ」

きっと櫻子さんは、その窓拭きのお兄さんたちにも熱いウィンクをバチバチ飛ばしていたのだろうと、吉井くんは容易に推測できた。

「女の子たち、喜ぶわね。それにもし吉井くんが将来、翔岳館の『キラキラ♡ティーン』の編集部に異動になったら、今日この日の体験が、きっと生きると思うの」

楓子さんが真顔で言う。『キラキラ♡ティーン』は、ティーンエイジャーを対象とした翔岳館の人気ファッション雑誌だ。

「いえいえ、僕はこれからもずっと大河先生の担当ですから、『キラキラ♡ティーン』には行きません」

吉井くんは顔を強張《こわば》らせて言った。

「そうは言っても、異動っていうのは、ある日突然通達がくるのよ。亜蘭編集長だって、元は児童文学編集部の絵本チームにいたのに、いきなり『ナイト・ハンター・ノベルス』に異動されたのよ……」

「いえ、でも僕まだ、『ナイト・ハンター・ノベルス』で、勉強させていただきたいことがたくさんなんです」

「それでも、どうなってしまうのかわからないのが会社だから、一応、今日は勉強の意味で、女子高を見学してみたらいいわ。だって、人生どこでどうなるかわからないじゃない？　気がついたら吉井くんは『キラキラ♡ティーン』のやり手編集長になっているかもしれないのよ」

「え？　ぼ、僕が……『キラキラ♡ティーン』のやり手編集長ですか……？」

「そうよ、あなたほど優秀だったら、すぐに編集長の椅子が待っているわ。しかもそれだけでは終わらないわよ。『キラキラ♡ティーン』の編集長を務めるということは、その次は『キャミキャミ』の編集長よ」

「いえっ、『キャミ』だけはありえませんっ、僕は担当していた作家さんに、おつき合いしていた女性をとられてしまったんです。そんな僕が、どうやったら若者向け女性誌の編集長になれるっていうんですかっ？」

「そういう悲しみを乗り越えて、女心をくすぐる女性誌を作るのが吉井くんよ」

「そ、そんな……楓子さんは、僕を買いかぶってます……」

「とにかく、いい？　吉井くんは、『キャミキャミ』の編集長を経て、最年少で翔岳館の取締役になるのよ」

「いえ、ですから、それはありませんってば」

「そして、取締役で終わらないのが吉井くんよ。ゆくゆくは社長の椅子があなたを待っているわ。でもその頃、私はお墓の中ね……浮遊霊になって、吉井くんの幸せを見守っているから安心して」

「そんな！　大河先生は、百二十歳まで生きるって、亜蘭さんが言ってました。僕、社長の椅子より、ずっと大河先生の担当をしていたいですっ」

「とにかく吉井くん、変化を恐れてはだめ。社長になるもならないも、今日の一歩がすべてを決めるの」

変化を恐れてはいけない、という楓子さんの言葉が、吉井くんの心に刺さった。

「わかりました……僕、今日は『スミレ女学院』を取材させていただく気持ちで見学いたします……」

楓子さんに説得され、吉井くんは昇降口で靴を脱ぎ、スリッパに履き替える。

まるでこれから通夜にでも参列する表情だ。

「あらっ、櫻子さんがいないわっ」

楓子さんと吉井くんが、延々とどうでもいい会話に花を咲かせている間に、櫻子さんはもうとっくに校舎に入ってしまっていた。

「どこに行かれたんでしょう……」

「きっと四階よ。三年ツバキ組だわ。櫻子さんは、初等部からスミレ女学園に通っているから、高等部から入学した私より、ずっとこの学校には思い入れがあるの。行ってみましょう」

楓子さんもスリッパをお借りすると、吉井くんと一緒に、靴箱前の昇降口の階段をのぼっていった。

＊

今はまだ、五時間目が終わったところのお休み時間中のようだ。

あちこちのクラスから、女の子たちの楽しそうな声が響いてくるはずが、意外にもひっそりしていた。

白亜の校舎の中は、かなりレトロで冷え冷えとしていた。廊下も階段もすべて昔ながらのツルッとした石でできている。階段の手すりはよく磨き込まれた真鍮《しんちゅう》だ。老朽化はしているが、掃除は行き届いている。

各クラスの廊下側の窓は開け放たれ、一メートルくらいの高さの窓枠に腰かけて、女の子たちは、スマホをいじったり、スマホをいじったり、スマホをいじったりしている……。今いる二階は、高一のクラスだ。

「今時はもう、友達とおしゃべりしないのかしら……みんな、シ、マ、ホ、に夢中ね」

楓子さんは、その様子を横目で見ながら、三階へと向かう。と、思うと「きゃあ――っ」という黄色い声が響き、吉井くんが一斉にスマホで画像を撮られ始める。

「見て見て、あの人、かっこいい！」

「もしかして、新しい先生？」

階段近くの教室の女の子たちが、窓から次々顔を出してくる。

吉井くんが現れて、ようやく女の子たちの声が弾んでくる。吉井くんは、すっかり下を向いてしまった。

「あの〜、もっとこっち向いてくださ〜い！」

女の子たちが、とうとう動画を撮りだした。

「吉井くん、ごめんね……ちょっと、すごいわね……」

さすがの楓子さんも、担当編集者を気遣う。

「だ、大丈夫です。勉強になります。その代わり、大河先生、次の『新宿魔法陣妖獣伝』七巻も、よろしくお願いします。えっと、締切りは――」

「あれえ？　櫻子さんはどこに行ったのかしらぁ」

楓子さんは吉井くんを置いて、急ぎ足で階段をのぼっていく。あっという間に三階に到着だ。そして、次なる四階の高三クラスを目指す。

「さっき僕が高輪の『アンミラ』にお連れしますって言った時に、先生は八巻くらいまで書けそうな気がするって、おっしゃってましたよね？」

「んー、でも結局、『アンミラ』には行ってないし、書けそうな気がするっていうのは、気がするだけで、実際に書けるかどうかは、わからないっていうか……」

楓子さんの口から『よっちゃんいか』の足が一センチくらいでている。さっき櫻子さんからもらった『よっちゃんいか』だ。もう食べていたことに、吉井くんはショックを受けている。

その楓子さんが、三階と四階の間の踊り場に到着した時、何やら女子高生の声が響いてきた。

「アンタのおかげで、アタシ、希望の大学に進めなかったんだからね、どう責任とってくれるのよ！」

「そんな、人のせいにしないでちょうだい。他の生徒はみんな、それぞれ頑張って、ちゃんと希望の大学に進んでいるわよ？」

「アンタがきっと、アタシの調査書を悪く書いたに違いないわ、そうでしょ!?」

「そんなことしないわよっ」

「うるさい、このクソ教師、もう許さないっ！　アタシの人生を返せっ！」

「キャ――――ッ！」

と、その時、ものすごい悲鳴とともに先生らしき女性が、階段から転げ落ちてきた。

早春のラストシーン

吉井くんはとっさの判断で、階段から落ちてくるその女性を、途中でガシッと受け止めていた。

「大丈夫ですかっ！」

女子高取材がこんなハードな展開になるとは、吉井くんは想像だにしていなかった。

「助けて……三年バラ組の真田久子《さなだひさこ》が、わ……たしを突き落としたのっ……」

三年バラ組の真田久子らしき女生徒は、四階の踊り場で呆然と立ちつくしている。

「ウ、ウソ言わないでよ、アタシじゃないっ、アタシなんにもしてないっ！　そいつが勝手に落ちたんだろっ！」

女生徒が口汚くそう言うと、

ピ――ッ　ピ――ッ　ピ――ッ！

どこからかまたホイッスルの音がすると思ったら、櫻子さんが駆けつけていた。

「どうしたの、何かありました？」

櫻子警部が女生徒に聞いていた。

「何？　おばさん、誰？」

女生徒は、櫻子さんのピンクの革のジャケットとミニスカートのいで立ちを、二度見、三度見、四度見している。

「わたしは、通りすがりの交通課の警部です」

櫻子さんは小首をかしげながら、今日初めて警察手帳を取り出すが、その手帳の間には『よっちゃんいか』の小袋が挟まっている。それに気づくと、何気に小袋だけバッグに戻し、改めて手帳を開いて見せた。

「はあ？　交通課の刑事がなんでこんなところにいるのよ。アタシ、関係ないからね、あいつが勝手に足を滑らせて落ちたんだから！」

耳にピアスを複数個つけて、爪もネイルでデコってある。長い髪はところどころ、ピンクのメッシュが入っていて、スカートは腰で何層にもおりまげられ、超ミニだ。そして、つけまつげは二枚づかいで、目力がすごい。

「へーえ、今のスミ女は、学園内メイクはオッケーなのね？　ずるいわあ……わたしたちの時は、リップグロスだけでも怒られたのに——。ま、でも、校門出たらすぐメイクしてたけど？　じゃなくて、事情はわかりました。では、とりあえず、怪我《けが》された方のお話も聞いてみましょうね」

櫻子さんは、階段を下りて女性に近づく。

「あの、大丈夫ですか？　先生ですか？　お怪我は？　救急車を呼びましょうか？」

櫻子さんが聞くと、女性教師は首を振った。

「いいえ……もう、いいです……頭や、腕や、腰をひどく打ちました。病院は後で自分で行きます。ただ、あの真田久子を逮捕してください。私が突き落とされたのは事実です。あの生徒は、ここのところ毎日、学校に来ては私につめよって、希望の大学に受からなかったことで私を恨んでいて……私、このままだと彼女に殺されるって、ずっと思ってました……」

先生は体を起こし、階段の隅に座り込んで言う。

殺されるなんて、穏やかではない。

黒の上下のパンツスーツが埃まみれだ。手の甲は内出血している。

「あの、あちらの真田さんは、どのようにして先生を突き飛ばしたんですか？」

櫻子さんは、努めて穏やかに現場検証をする。

「彼女は、私の胸倉をつかんで、そのまま押したんです。でも、こちらの男性が運よく受け止めて下さって、この程度ですみました」

それを聞いた真田久子が、階段を下りてくる。

「アタシ、アンタに指一本ふれてないじゃん！　なんでそんなウソをつくのっ？」

「あなたが私につめよって、あれこれ言ってたことは、誰かが聞いていたはずよ、あんなに大きな声だったんですもの。あの、すみません、私たちがもめていた声を、どなたか聞きましたよね？」

先生は、楓子さんと吉井くんに振り向き、たずねる。

「ええ……確かに、先生と生徒さん、かなりもめているようでしたけど、突き落とした瞬間は見てませんので、何とも言えないというか……」

楓子さんは、正確に話した。

「でも、お二人、かなり接近してましたよね……」

吉井くんが言った。

「このクソ男。アンタ何言ってんの？　いいかげんなこと言うんじゃねーよ」

女生徒が階段を下りてきて、吉井くんの胸倉をつかんだ。

イケメンも一瞬でクソ男になってしまう。

「ほら刑事さん、ごらんになったでしょ？　彼女、私にも同じように胸倉をつかんだんですよ。日頃から、激高するとすぐ手が出る子なんです」

先生はよろよろ立ち上がりながら言った。

「鴨志田《かもしだ》、てめえ、ざけんなよっ！」

女生徒は大声をあげ、先生の胸倉をまたつかもうとしたその時だった。

「あっ！　さわっちゃだめっ!!」

楓子さんが叫んだ。

そのあまりの大声に、女生徒が一瞬ひるんだ。

「さわったらダメよ！　さわったらそこにあなたの指紋がついてしまう。あなたが先生に指一本ふれてないのなら、そこにはあなたの指紋が残ってないはず。それは、あなたの潔白を証明してくれるの。だから、さわっちゃだめ」

楓子さんの落ち着いた言いざまに、女生徒はみるみる青ざめていく。

「アタシ、先生を突き落としてなんかいない……でも、ゴメン、胸倉はほんのちょっとだけつかんだ……本当にそれだけ。アタシ、すぐ手をひっこめたのに、先生が勝手に落ちて行ったのよっ」

女生徒の告白に、楓子さんはため息をつく。

「刑事さん、どうか彼女を逮捕してください。このままでは私、またやられます」

先生は、よほど日頃から彼女にわずらわされてきたのだろう、教師という立場にもかかわらず、迷うことなくそう言った。

「鴨志田先生、いったいどうして？　アタシ、突き落としてないよね？　なんで？　そりゃアタシの態度は、ずーっと悪かったよ。でも、こんなのひどくない？」

鴨志田先生は黙ったままだ。生徒と目を合わせようとしない。

楓子さんは、どちらが本当のことを言っているのかわからない。

鴨志田先生は、長年の苦労とストレスなのか、ものすごく痩せている。細い首すじ、か弱そうな手首、こけた頰……それに対して、パンツスーツ姿は、わりとしっかりして見える。

「あの……刑事さんが、彼女を逮捕しないのなら、私、これから110番します」

そう言って、鴨志田先生がジャケットの内ポケットからスマホを取り出すと、それを見ていた楓子さんが、「えっ？」と声をもらしてしまう。

「どうしました、楓子さん？」

吉井くんがきくと、今度は鴨志田先生が「えっ？」と息をのんだ。

「あ、あの、そうだわ。私、まず、先生の手当をしないと。保健室、行きましょう？　１１０番はそれからね？」

楓子さんは鴨志田先生にそう言うと、怪我した腕をとり、二人で静かに階段を下りていった。

櫻子さんは、女生徒のケアにまわる。

吉井くんは、楓子さんのあとをそっとついていく。

楓子さんと鴨志田先生が一階の保健室に入ると、吉井くんは廊下で待っていた。

この時間の保健室は、無人だった。

「さ、そこに座ってね」

楓子さんが先生に椅子をすすめる声がした。

「デコ先輩……ごめん……」

鴨志田先生が言った。

「久しぶりよね。ちっとも気づかなかった。苗字、鴨志田にかわられてたし……」

楓子さんが言った。

どうやら鴨志田先生は、スミレ女学園の卒業生で、楓子さんの後輩のようだ。

先ほど、吉井くんが「楓子さん」と呼んだ時に、気づいたようだ。

「さっきの刑事さんはね、桜田櫻子さんよ。学年二つも違うから、わからないかな？」

「ああ、警視総監になられた方のお嬢さんでしたか……まったくわからなかったです」

「さつきちゃんが、スマホをジャケットの内ポケットから取り出した時、私、つい、見えちゃったの……」

楓子さんが、すまなそうに言う。

「デコ先輩に見られたのって……もう、運命ですよね……悪いことはできないって、神様が早々に教えてくれたんですね……」

鴨志田さつき先生は、スーツのジャケットを脱いでみせた。

その内側は、まるで綿入れ半纏《はんてん》のように、綿がぎっしりと詰められていた。

そして、彼女は立ち上がると、パンツスーツのお尻部分にも手を置き、

「ここにもぎっしり、綿入れてます。膝にも……脚にも……」

と、すべて自分で暴露していた。

道理で体が細いのに、パンツスーツ姿が妙に立派だったわけだ。

「『階段落ち』のシーンで、衣装に綿をいれようって言ったの、私だものね」

楓子さんが、苦笑いをした。

「あの学園祭の『蒲田《かまた》行進曲』のデコ先輩バージョン『スミレ行進曲』、ものすごく受けましたよね」

さつきさんは、ようやくここで強張《こわば》っていた顔をゆるめた。

「あの時、私たち、学園祭で『金賞』もらったわよね。今も、あの時の写真と賞状、演劇部に飾ってあるかしら」

楓子さんが言った。

「飾ってますよ。あれは、私の……今でも……誇りです……それなのに……」

さつきさんが、ここでとうとう、わっと泣き出してしまう。

「さっきの生徒……久子ちゃん……行きたい大学があったんだけど、彼女の偏差値ではとても無理で。彼女は彼女なりにすごく頑張ったの……でも、力になれなかった。彼女もそれが悔しくて、その悔しさを私にぶつけることしかできなくて……もう、このところずっと、学校に来るたびに、私、責められて……でも私……やっちゃいけないことをしましたっ……もう、どうしていいかわからない……」

きっと彼女は、自分の身を犠牲にしなければ、この窮地から救われないと思うまで、追い詰められてしまったのだろう。

「今日もきっと久子ちゃんが、私に突っかかってくると思って、ずっと前から考えていた『階段落ち』をとうとうやっちゃったんです……。ホント、なさけない教師で、いやになる……」

『蒲田行進曲』とは劇作家で演出家の大家《たいか》・つかこうへい氏が作った戯曲で、昭和五十七年に映画化されて、大ヒットした作品だ。

一番の見どころは、池田屋に討ち入った新選組隊士に、スタントである大部屋役者がバッサバッサと斬られ、高さ数十メートルの樫木《かしのき》の大階段から壮絶に落ちていくクライマックスだ。中学生の時、その映画を見た楓子さんはあまりに感動し、高二の学園祭でパロディの『スミレ行進曲』という台本を書き、学園の異端の生徒会長が、階段の上から先生たちをバッサバッサと斬り落としていく壮絶学園ドラマを上演した。それは生徒たちに大好評で、今も演劇部では『スミレ行進曲』はデコ先輩の神台本だと、語りつがれている。

その時、落ちていく先生役の子たちに綿襦袢《じゅばん》をつくって、怪我をさせないようにしたのが楓子さんだ。かなり危険な舞台だったが、怪我人は一人も出さなかった。当時、楓子さんは台本と裏方を担当していて、自らは舞台に立っていない。

「デコ先輩の『スミレ行進曲』を汚《けが》してしまって……ごめんなさいっ！」

さつきさんは、またわあっと泣きだす。その姿はまだ中学生だったさつきちゃんと重なる。

「いいの、いいの。人間だから、ついやっちゃうこともあるからね。でも、こういう時はすぐ謝るのが一番。早ければ早いほどいいのよ。責任は、そのあと取ればいいから。女子生徒さんも悪かったたし、さつきちゃんもやりすぎたし、でも、正直が一番。正直に勝る言い訳ってないから、ね？」

吉井くんは、保健室の外で目頭を押さえていた。まさかこんなところでミス・メープルが活躍するなんて。しかも、大河先生のデビュー作かもしれない、『スミレ行進曲』という脚本が、この学園に存在するなんて！

今日ここに取材に来た意味がやっとわかった吉井くんだ。

やはり楓子さんはすごい。ちらっと見たジャケットの中の綿で、すべてを理解してしまう……。

と、その時、ガラリと保健室の扉が開いた。

真田久子ちゃんが、櫻子さんと一緒にやってきた。

「先生、ごめんなさい……アタシが、悪かったの……先生を追い詰めるようなことをして……ホント、ゴメンね……」

久子ちゃんが、部屋に入ってくるなり、そう言った。

「ううん。真田さん、ごめん、謝らないで。先生がいけないの、私が勝手に落ちたの。久子ちゃんは、なんにも悪くない。私が、本当にどうかしていた。大学進学のことも、許して……結局なんの力にもなれなくて……」

鴨志田先生は、またわあっと泣き崩れた。

「いいよ、先生のせいじゃないよ。アタシ、そんなに勉強していなかったから、落ちるの当たり前だよ、ゴメンね。先生、いつも優しかったから、何言っても怒らなかったから、アタシ、つい調子にのって……八つ当たりして。ホント、ひどいことした……ゴメンね……ゆるしてね……」

久子ちゃんも、憑《つ》き物《もの》が落ちたように謝る。

きっと櫻子さんが、色々と話を聞いてあげたのだろう。

「先生、辞めないでね、お願い……先生みたいな人がいないと、アタシたち、グチを聞いてくれる人がいなくて、すごく……困る……」

久子ちゃんの目のまわりの化粧がとけて、どろどろになっている。

二枚重ねのつけまつげも、半分取れてしまっている。

「久子ちゃん、これ……使って……」

先生が、ハンカチを差し出した。

「先生こそ……」

久子ちゃんも、泣き笑いの顔で、自分のハンカチを差し出していた。

保健室の窓から桜の木が見える。その蕾《つぼみ》は、まだ固く閉じている。

この花が満開になる頃、大勢の女の子が学園を巣立っていく。

そして何年か、あるいは何十年か経《た》ったあと、またみんなここに戻ってきて、十八歳の心を取り戻す。

泣いて笑って、叫んで怒って、いつも周りには大勢の仲間がいたことを思い出す。

どんなに辛くとも、みんな、夢と希望だけは、胸いっぱいにかかえていたことも。

第三話　ようこそ大英帝国へ

多摩川《テムズ》の向こうはウェストエンド

午前九時。渋谷駅地下三階のホームに立ち、下り電車を待つ森野楓子《もりのかえでこ》さんは、旅行用『キャスキッドソン』のバラ柄キャリーバッグの取っ手《バー》を握りしめ、急行電車を待っていた。

土曜日。下りのホーム、しかも学生は春休みではあるが、さすが渋谷の駅は、いつどのような時間帯も混んでいる。

けれど、今日の楓子さんは、そんな人混みさえ甘んじて受け入れられるほど、ウキウキしていた。この渋谷駅で電車待ちをする長蛇の列の中、たぶん楓子さんが一番元気だ。

そして、この人は今、誰にも聞き取れないくらいの声で、

「♪　東急の汽車に乗〜って、フェアに〜連れて行ってよ〜　♪」

と、聖子《せいこ》ちゃんの『赤いスイートピー』のメロディで、替え歌をうたっている。

口元が微妙に動いているので、隣に並んでいる人がたまにチラ見して、ぎょっとしているのがわかる。

そんな今日の楓子さんのいで立ちは、二十年ほど前にロンドンの本店で買った『バーバリー』のトレンチコート。その下には『ローラ アシュレイ』のワンピースにカーディガン、靴はイギリスの老舗『クラークス』。タイツでさえ、イギリスの一般大衆向け、食べ物から衣料品までなんでも揃う人気小売店M《マークス》&S《スペンサー》のプライベートブランドをはいている。

その時、ヘッドライトを煌々《こうこう》と照らし、ホームに銀色の電車が入ってきた。

これは東急系の田園都市線という電車だが、今日の楓子さんには、それがロンドン

の地下鉄、ピカデリー線《ライン》にしか見えない。

となると、若者が集うこの渋谷駅は、楓子さんの頭の中では、ロンドンっ子に大人気のお洒落な街、コヴェント・ガーデン駅なのだろう。

渋谷駅……いや仮想コヴェント・ガーデン駅で、大量の乗客がおりると、シートにはあちこち空席が生まれる。

最前列に並んでいたはずの楓子さんだから、順当にいけば座れるはずだったが、キャス キッドソンの旅行用キャリーバッグが大きすぎて、もたもたしているうちに、残念ながら座りそびれてしまった。

でも、今日の楓子さんは、そんなことはいっさい気にしない。

しばしつり革につかまって立っていようと、それはぜんぜんオッケー牧場だ。

いつもだったら、十五センチもの隙間があれば、そこにグイグイくいこんで座る楓子さんだが、ここはロンドンのピカデリー線――紳士淑女の国の乗り物内で、そんなことはできない。

地下を走っている田園都市線は、渋谷から十分ほどで地上に出ると、太陽の光まぶしい二子玉川駅に到着し、そこで大勢の乗客がおりた。しかし、楓子さんの周りだけ、まだシートに空きはない。

「いいの……だってほら、このテムズ川を見て？ なんて雄大な流れなの？」

朝日に輝く多摩川はやはり仮想テムズと化していた。

「土手の桜が美しいこと。ロンドンにもソメイヨシノがあるのね。きっと、友好の証《あかし》として日本から贈られたのよ。あ——、なんか、日本が恋しくなってきちゃった」

楓子さんが心で、自由気ままに独り言を繰り返すその時だった。

「あの……お姉さん……」

突然、楓子さんの前に座っている高校生の女の子が声をかけてきたが、「お姉さん」という呼びかけに、あまりなじみのない楓子さんは、自分が声をかけられたとは思わない。一瞬、あたりを見回してしまう。

右隣、おじさん。左隣、大学生風のお兄さん。後ろ、誰もいない。

「お姉さん、席、交代しましょう？」

女子高生は言った。紺のブレザーに紺のプリーツスカートをはいている。いわゆるよくある標準の学生服だ。ブレザーにエンブレムもなければ、ワイシャツの胸元にリボンタイがついているわけでもない、非常にさっぱりしたいで立ちだ。

しかし、春休みなのに、学校があるのだろうか。

「あの、私？」

楓子さんは、自分の胸に指をさして聞いた。

「はい。わたし、渋谷駅からずっと座ってきたので、そろそろお姉さんと交代です」

嫌味のない、いい笑顔でそう言った。ツインテールの黒髪、くっきりとしたアーモンド形の瞳。三日月の弧をかいたような優しい眉。

「いっ、いいの？」

アラフィフではあるが、席をゆずられたのは初めてだ。

実はもう座りたくてしかたがなかった。

「もちろんです。どうぞ」

彼女がスッと立ち上がると、楓子さんは笑顔でシートにおさまった。

「お嬢さん、ピアノなさるのね？」

楓子さんは言った。

「えっ、わかるんですか？」

「さっきから、ずっと両指が動いていたわ。何を弾いてたの？」

さすがミス・メープルだ。多摩川をテムズに見立てて、ロンドンごっこをしているだけではなかった。ちゃんと周りの人間観察もしていた。

「ショパンの『革命のエチュード』、ご存じですか？」

「ええっ!!　あんなに難しい曲を弾かれるの？　でも、大丈夫そうだわ。お嬢さん、すごく大きないい手をしてるもの。親指から小指までの幅がすばらしいわ。ピアニストの手ね？」

「実は今日、これから、『青葉台』でピアノのコンクールがあるんです」

照れながら女の子は言った。

「えっ、私もこれから、青葉台に行くのよ。あそこの駅前のデパートで、大英帝国フェアがあるから、開店と同時になだれこもうと思って。今日が初日なの」

この田園都市線の青葉台駅は、横浜市青葉区に位置するお洒落な街だ。渋谷から急行で三十分ほどであるが、家にこもりがちな楓子さんにとっては、今日はかなりの遠出である。

「わたし、その青葉台のデパートの最上階にある『田園の森ホール』で、ピアノを弾くんです」

「わあ、素敵ね、あなたの『革命のエチュード』、聞いてみたいわ」

楓子さんは、聖子ちゃんも好きだが、ピアノ曲も好きだった。

執筆活動の時は必ずBGMにクラシックを流している。

「あ……でも、今日のコンクールに弾くのは『革命のエチュード』じゃないんです」

女の子は少し、顔を曇らせた。

「え？　でもほら、さっきずっと弾いていたじゃない？」

「ええ……弾く予定だったんですけど、他の出場者とかぶってしまったみたいで」

「同じ曲は弾いてはいけないの？」

「そんなことはないのですが、遠慮してほしい、ってことを、ちょっと遠回しにコンクール側から言われて……」

なんだかあまりフェアな話ではないな、と楓子さんは思った。

「……で、代わりに何を弾かれるのかしら？」

「ドビュッシーの『月の光』です」

「それ、いいじゃない？　『革命のエチュード』と対極にあるような曲よね。静かで繊細で、だからこそ、一つ一つの音が丁寧に吟味されて、難易度はかなり高いわ。音をおさえにおさえて、あの月の光の弱さ、儚《はかな》さを表現するの。プロの弾く『月の光』を聞いていると、つい息を止めて聞きいってしまうわ」

楓子さんは小さい頃、ピアノを習っていたので、名曲には詳しかった。

「そっか……私、『革命のエチュード』とくらべると、『月の光』はちょっと地味な選択だったかなって思ってたけど……今、お姉さんにそう言われると、なるほどそうだなって……思います……」

女の子の目が、今、一回り大きく輝いた。

「いかにも難しい曲をバンバン弾きこなすだけが、テクニックじゃないのよ。おさえにおさえた音によって、聞いている側の情景を限りなく広げるお手伝いをしてあげるの。今日はそんな月の光をイメージして、弾いてみて？」

その時、楓子さんの隣の席が空いた。

「さ、あなた、座って座って。今は静かにイメージトレーニングをしていくといいわ」

楓子さんが言うと、女の子はうなずき、シートに再び座ると、その大きな両手を膝に置いて、『月の光』を練習し始めた。その指先を見ているだけで、楓子さんの頭の中には、ドビュッシーの曲が静かに優しく響いてくる。

そうこうしているうちに、田園都市線の仮想『西の果て《ウエストエンド》』となる青葉台駅に電車が到着し、楓子さんと女の子が降り立った。

「お姉さん、ありがとうございます。わたし、頑張りますね！」

と言いながら、彼女はパスケースに入ったICカードをタッチして改札口を出ると、

「ああ〜っ！」

と、いきなり大声を出して、立ち尽くしてしまう。

「ど、どうしたの？」

キャリーバッグをゴロゴロひきながら、再び楓子さんが近づくと、

「落とした〜っ！」

女の子はいきなり泣きそうな顔になる。

「何を落としたの？」

「パスケースにつけていたお守りが、とれちゃってました……。行きの改札を通った時は、絶対にあったのに……」

「それってどんなお守り？　鞄の中に落ちてるんじゃない？」

楓子さんの言葉にハッと気づくと、女の子はすぐリュックを肩からおろし、中をあれこれひっくり返して探し始めるが……。

「ああ……やっぱりない……どうしよう……もうやだ……何やってるんだろう、わたし……あんなに大事にしてたのに……」

女の子は、ものすごく落胆していた。今日はコンクールなので、きっと細かいことに気が回らなかったのだろう。

「どんなお守りだったの……？」

「小学校の修学旅行で伊豆に行って、そこで買ったヌイグルミの小さなクマで……いつも持ってたんです……お友達みんなとも、お揃いで買って……あのコがいると、どんなコンクールでも安心して弾けたのに……」

「ああ……伊豆に大きなテディベア・ミュージアムあるものね？」

クマ好きの楓子さんは、もうこうなると他人事とは思えない。

「大丈夫よ。そのクマちゃんは今、どこかの改札の優しいお兄さんとか、気の利く乗客のお母さんとかに拾われて、あなたが取りに来るのを待っているはずよ。世間は意外と、道端で転がってるクマちゃんには、目をつぶっていられないものなの。帰りにあなたが落としてしまっていそうな駅の拾得物係の人に、聞いてみて？　絶対出てくるから」

いやに自信たっぷりな楓子さんの話に、女の子は徐々に落ち着きを取り戻す。

「そうだわ、こうしましょう」

楓子さんはキャス キッドソンのキャリーバッグを開けて、内側のポケットから何やら取り出す。

「今日はこれを持っていって。このコが、あなたのコンクールを見守ってくれるはずよ。このコもこう見えて強運なの」

楓子さんが昔、イギリス最大、最古のおもちゃ屋さん『ハムリーズ』で買った小さなクマだ。大英帝国フェアにいくなら、やはりイギリスのクマさんだ、と思い、今日は連れてきた。

「えっ、いいです、とんでもない」

女の子は大恐縮だ。

「いいのよ、持っていって。ほら、このコも言ってるわ。『オジョウサン　キョウハ

ボクヲ　ポケットニイレテ　ピアノヲ　ヒイテ。ボク　パワーヲ　アゲルヨ』」

楓子さんお得意の腹話術で、彼女を説得した。

「お姉さん……」

女の子の目が涙でいっぱいになる。

「そうだわ、あと、これもあると完璧ね」

そう言って、楓子さんは、バーバリーのトレンチの内ポケットから、川崎大師の厄《やく》除《よ》けのお守りを取り出すと、彼女の制服の胸ポケットに入れた。

これは元々、翔岳館《しょうがくかん》の『ナイト・ハンター・ノベルス』編集部に属する、大河《たいが》ショー和《やま》担当《と》の吉井遼《よしいりょう》くんのものだったが、吉井くんが楓子さんの家で泥酔した時に、猫のシンプキンがチーズと間違えてくわえて逃げてしまって、いつのまにか楓子さんのものとなっていたが、それは今、めぐりめぐって、見知らぬお嬢さんの力になろうとしている。

「ありがとうございます。わたし、今日のこの日のこと、絶対に絶対に忘れません」

そう言って、ようやく明るい笑顔になった女の子は、コンクール会場へ走っていった。

月と革命

青葉台駅前にある『ジョイフル・デパート』の地下食品街は、本日から来週の日曜日まで九日間、大英帝国フェアが開催される。

今、そのフェア会場内で、楓子さんのキャリーを引っぱっているのは、吉井くんだ。キャリーの中には、イギリス製の紅茶、ジャム、チョコレート、クッキー、チーズ、パン、フルーツケーキ、テーブルクロス、ティータオル、ラベンダー・オイル……などがドサドサ入れられている。すでに二人は一時間以上、買い物をしている。

吉井くんは、楓子さんと青葉台駅の改札で待ち合わせをして、一緒に、大英帝国フェアに参戦したのだ。

「その女子高生、入賞するといいですね。コンクール、見てみたかったな」

吉井くんは、土曜日にもかかわらず、今日も楓子さんのお供《とも》だ。彼は先日の『スミレ女学園』ツアーで大変な思いをしたはずなのに、意外と懲りていなかった。

「吉井くん、ごめんね、お休みの日にまでつきあわせちゃって……。でも私、大英帝国フェアってきいたら、どんなに遠くてもどうしても行きたくなって……」

楓子さんは、申し訳なさそうに言う。

「いいえ、僕もイギリスって好きですし、それに……えっと、ほら、第七巻の構想とか、案外こういう場所から生まれたりして……」

残念だが、吉井くんの声は後半、混んだフェアの中でかき消されてしまう。

第七巻というのは、言わずと知れた大河ショー和の『新宿魔法陣妖獣伝』シリーズのことだ。

「あっ！　見て見て、吉井くん。ほら、あの店、ロンドンのコヴェント・ガーデンにある、おいしいフィッシュ&チップスを出すレストランよ！　へー、私のために、わざわざ日本に来てくれたのね（っと、ここは日本じゃない、青葉台《ウエストエンド》だったわね）」

楓子さんは、第七巻と聞いたと同時に、フィッシュ&チップス屋に走って行った。

「わ――、待って下さい〜〜」

吉井くんは、かなり重くなっているキャス キッドソンのキャリーバッグをガタガタ引っぱりながら、担当作家の後を追った。

「吉井くん、フィッシュ&チップス、食べましょう！　もうすぐお昼だもの〜」

楓子さんが言うと、目の前のブースで白身魚のタラとスティック・ポテトを揚げているイギリス人のお兄さんが、親指を立てて楓子さんに見せた。おいしいよ、という意味らしい。

「では、二人分お願いします。モルトビネガーもたっぷりかけてね」

了解したお兄さんは、イギリスのタブロイド新聞に揚げたてのタラとポテトを包むと、モルトビネガーをドバドバかけて、楓子さんと吉井くんに渡してくれた。

モルトビネガーとは、大麦麦芽とトウモロコシの抽出液を発酵させたお酢で、フィッシュ&チップスにはかかせないものだ。この熟成したまろやかな酢が、揚げ物料理をさっぱりさせてくれる。

「うわー、包み紙まで……イギリスだわ……私……今日、フェアに来てよかった」

担当作家が肩をふるわせているのを見て、吉井くんの胸もつまる。

「お兄さん、サンキュー、ヨンキュー、そして今、私は、号泣《ゴウキュー》」

英語が話せるのに、ぜったい通じないギャグを日本語で、フィッシュ&チップス屋さんのお兄さんに真剣に伝えている楓子さんは、吉井くんが今まで見たことがないくらいに楽しそうだ。

「さ、あちらのイートイン・コーナーで、いただきましょう？　えっ、見て見て、向こうにバーカウンターがある！　ひょっとしてあれって、イギリスのパブを再現してるの？」

「あの、でしたら僕、ビールかなにか、買ってきましょうか？」

「えっ、昼間から、いいのかしらっ」

って、自宅でもよく楓子さんは、昼間からワインを開けている人だ。つきあわされる吉井くんも、しょっちゅう昼日中から泥酔して、楓子さんちのサロンの緞通《だんつう》の上で爆睡している。

「いいですよ！　だって、ここはイギリスです。飲みながら、七……」

……巻の事でも話しましょう！

と、吉井くんは言いたかったのだが、「七」と言ったところで、

「じゃ、私、買ってくるわ！　久しぶりにラガー頼んでみる。で、吉井くんは？」

吉井くん、また、会話をかき消されていた。

「では……僕はエールで……お願いします……」

エールは、イギリスで一番飲まれているフルーティーな香りのビールだ。これは、常温で飲むのがおいしい。

大河先生は、こんなにイギリスが好きなのか……いつかイギリスに住みたいらしいが、当時住んでいた家は売却してもうないという。先生にいなくなられるのもいやだが、この日本は自由すぎる思想の楓子さんには少々息苦しいのかもしれない、と吉井くんは思った。

その楓子さんは、満面の笑みで両手に大きな紙コップを握って戻ってくると、

「午後から麻白《ましろ》ちゃんの出番だから、これをいただいたらホールに行ってみましょう?」

ビールをテーブルにおくと、バーバリーのポケットから、コンクールのチケットを取り出した。

「えっ！　そのコンクール、一般人が見に行っていいんですか?」

「これは、関係者のみの非売品のチケットなんですって。四名まで入れるの。麻白ちゃんのご両親、おいそがしくて、行けないから、って下さったのよ」

先ほどの高校生の女の子は、麻白ちゃんという。十和田《とわだ》麻白だ。つい先週、都立高校を卒業したという。

コンクールの入場券には、『第十八回　田園の調《しらべ》　ピアノ・コンクール』と、書いてある。主催者は、レインボウ化粧品、ドルミール・ハウス、電報堂だ。

「結構、有名な会社がスポンサーなんですね。ドルミールって、中高生向け高級衣料品扱ってますよね。へえ、これって結構、格式の高いコンクールだ。小学生から高校生までが参加資格ですって。あ、第三回の準優勝者が『和泉《いずみ》さほり』さんだ。和泉さんって今、世界的に有名で、NY《ニューヨーク》在住ですよね？」

「ホントだわ。ここで認められるって大変なことなのね……。でも、麻白ちゃんなら大丈夫。それでは、麻白ちゃんの成功を祈って！　チアーズ！」

楓子さんは、吉井くんとビールで乾杯した。

＊

「ああ……もうだめ……なんか、目がまわる……気持ち悪い……」

久しぶりのイギリスのパブの生ビールが嬉しくて、ついつい昼から飲みすぎてしまった楓子さんは、吉井くんとともに、同じ建物内の最上階にある『田園の森ホール』に向かって、エスカレーターを乗り継いでいた。

「エレベーターにすればよかったですね。一気に上まで行けたのに……」

吉井くんは、見知らぬ土地で泥酔するわけにもいかなかったので、ビールは控えめにしていた。ゆえに、珍しく今日は、楓子さんよりしっかりしている。

楓子さんはラガーに始まり、ビター、エール、そして黒ビールのスタウトと、それぞれハーフ・パイントずつ飲んだ。一パイントが五百六十八ミリリットルで、その半分は二百八十四ミリリットル。それを四杯なので、千百三十六ミリリットルだ。

今飲まないと、次どこで飲めるかわからない、ということで、楓子さんは何度もバーに戻っては、お代わりをしていた。

そしてエスカレーターも、あと一階でホールに着く、というところで。

「吉井くん、ごめん……あの、ちょっと私、若干、休憩してきていい？」

と、言うのと同時に、エスカレーター先に見えたパウダールームを目指して走っていた。吉井くんはキャス キッドソンのキャリーバッグを預かり、エスカレーター横のベンチに座った。

時折、ドレスアップした小学生の女の子とそのご両親、あるいはタキシードを着た中学生の男の子と、そのご両親とおじいちゃんおばあちゃん、などなどが、エスカレーターで上がっていく。きっとみんなコンクールの出場者とその家族、親族なのだろう。誰もがきっちり盛装していた。

一方、食べすぎて飲みすぎた楓子さんは、しばし洗面所の個室に閉じこもって目を閉じ、めまいがおさまるのを待っていた。

ここのパウダールームは、ソファあり、化粧室あり、美麗トイレありで、かなり快適な空間となっていた。個室トイレに入っているのは、今のところ楓子さんだけだが、そこにバタバタと人が入ってくる足音がした。

「みーちゃん、後ろのリボン曲がってるわ。ちょっと待って……。これでよし、と」

どなたかのお母さまらしき声。

「ママ、ワタシやっぱり、この間作ったレモン色のドレスにすればよかった……なんかこの黒、顔がキツく見えない？」

高校生くらいの女の子が不満そうに言う。

「みーちゃん、『革命のエチュード』は激しい曲なのよ。ふわふわしたレモン色だと、曲にあわないわ。こういう時はビシッと黒で決めないと。それに今回のスポンサーは『ドルミール・ハウス』なんだから、ドルミールのドレスの方が印象がいいわ」

『革命のエチュード』という言葉で、楓子さんの頭は急にクリアになった。

「そうなんだけど、でもどうせ今日はワタシが優勝だから……好きなドレスを着たかったのに……あれの方が、写真うつりいいのになあ……」

この瞬間、楓子さんは個室で息を止めた。

「みーちゃん、優勝が決まってても手を抜いたらだめよ。みんな聴いているんだからね。ちゃんとオーディエンスを納得させる演奏をしないと」

「はいはい」

「とにかく、なんとしてでもこのコンクールで優勝をもらわないと、箔《はく》がつかないわ。あなたは高三で、これが最後のチャンスだからね」

「でも、どうせワタシ、九月からオーストリアに留学するから、別にこの程度のコンクールで優勝をしようがしまいが関係ないわよ……」

「そんなこと言わないの。お祖父《じい》ちゃまががっかりするわ。お祖父ちゃまが、あなたをピアニストにするために、どれだけ力を注いだか……」

「もう、わかってるって……でもワタシ、別にお祖父ちゃまの力を借りなくたって、優勝できるわよ」

「だって、十和田さんも出てるじゃない。彼女、あなたと同じ曲を弾こうとしたのよ。同じ曲を弾かれたら、みーちゃんが優勝できるかどうか、わからないからね」

「もうやめてって、麻白は関係ないから。ワタシ、麻白よりずっとうまいからね」

「あらやだ、もうすぐ一時よ。早く行かなきゃ」

コンクール関係者の母娘は、化粧直しを終えると、バタバタとパウダールームを出て行った。

＊

「楓子さん、大丈夫ですか？」

担当作家が、飲みすぎのあまり悲しそうな顔でエスカレーター乗り場に戻ってくる姿を見て、なぜ自分が酒量を控えさせなかったのか、吉井くんは大反省した。

「大丈夫よ。ちょっと座ってたら落ち着いたわ。ごめんなさい、飲みすぎたわね。冷たい水で顔も洗ってきたから、すっきりしたわ」

楓子さんは、先ほど耳にしたことを信じたくなかった。

ホールに入り席につくと、さきほど入り口でもらったリーフレットに目を落とした。

これから始まる高校生の部は、出場者が十二名だ。

リーフレットには、コンクール出場者の名前がのっている。

小学生、中学生、高校生、それぞれ名前と学年と本日演奏する曲が記されている。

この小・中・高校生は、全国から集まってきた子たちで、地区大会、都道府県大会、ブロック大会、そして本日の全国大会までを勝ち抜いてきた精鋭たちだ。

麻白ちゃんが、あまりに普通の制服を着ていたので、そんなにすごいコンクールとは思わなかった。

そして、『革命のエチュード』を弾くのは、高三の宇賀神幹子《うがじんみきこ》とある。

先ほど、パウダールームにお母さまと一緒に化粧直しに来た『みーちゃん』だ。

「この宇賀神さんが、例のかぶっちゃった『革命のエチュード』を弾くんですね。あれ？　宇賀神って、宇賀神幹雄《みきお》大臣のお孫さんじゃないかな……」

楓子さんより先に、吉井くんが気がついた。

「ああ……そうか……。宇賀神って珍しい苗字だものね……。なるほど……大臣のお孫さんなのね」

お祖父さまが力のありそうな方のような気はしていたが、大臣とは思わなかった。

「実は一年くらい前に、翔岳館の『週刊ボイス』で宇賀神大臣のご家族紹介っていうコーナーがあって、お孫さんがピアノをやっているから、大臣はそれにチェロを合わせて演奏するって書いてあったんです……なんか優雅で素敵だなって思って、よく覚えてるんです」

「そう……音楽一家なのね……」

それならきっと、腕前も確かだろう。小さい頃から英才教育を受けてきたのだろうから、忖度《そんたく》などなしで優勝するだけの力はあるのだろう、と楓子さんは思った。

＊

午後五時。

楓子さんと吉井くんはまた大英帝国フェアに戻り、イートイン・コーナーで、今度は遅めのアフタヌーン・ティーをしていた。

「うわ、これ、楓子さんが作るのと同じくらいおいしいです！」

吉井くんは、スコーンをナイフで二つに割って、そこにクロテッドクリームとイチゴジャムをつけて食べている。

「紅茶もおいしいわ。この茶葉、きっとフォートナム＆メイソンのロイヤル・ミルクティーね」

楓子さんも静かにティータイムを過ごしている。

コンクールの優勝者は、ショパンの『革命のエチュード』を弾いた宇賀神幹子さんだった。力強く、テクニックも素晴らしく、あの難しい曲をまったく一音も間違えずに弾き切った。その華やかさ、圧倒的なパワーは、見ている者を興奮させた。

そして、そのすぐあとが、十和田麻白ちゃんのドビュッシーの『月の光』だった。『革命のエチュード』とはあまりに対極にあるため、弾き始めは会場がまだざわついていて不利な感じがしたが、その繊細な音色がホールに響き渡ると、すぐに会場が水を打ったように静まった。

彼女は高校の制服を着ているだけで、他のドレスアップした演奏者たちには見栄えの点でまったく劣っていたが、あの大きな手が鍵盤を滑り出すと、もう誰もかなわない音響で全観客を魅了していた。弱くて儚くて、今にも消えてしまいそうな音を澄み切った状態で出すのは、ものすごい技術だ。

暗いホールの舞台を照らすライトは、まさに月の光のようだった。

曲が終わると、しばらく誰も拍手ができなかった。そのあまりの静けさを壊していいのかどうか悩んでしまうほど、彼女の演奏は素晴らしかった。

しかしあちこちで、パチパチ、パチパチ、とまばらに拍手が広がると、次の瞬間、それは力強い音となって、割れんばかりにホールに響き渡った。

楓子さんはこの瞬間、彼女の優勝を確信した。

宇賀神幹子さんの『革命のエチュード』も素晴らしかったが、楓子さんは麻白ちゃんの『月の光』が一歩抜きんでていると思った。

実にいい戦いだと思った。いいコンクールを見せてもらったと思った。

「僕も麻白ちゃんが勝ったと思ったんですけどね……」

「うん、でもそれは、たまたま私が今朝、麻白ちゃんに出会って、彼女への思い入れが強かったからかもしれないし……私、音楽に関しては素人だし……」

楓子さんは、努めてフェアであろうとした。

だって、あのパウダールームで、みーちゃんが言っていた。

「ワタシ、別にお祖父ちゃまの力を借りなくたって、優勝できるわよ」って。

彼女は彼女なりに、ものすごく頑張っていた。それは見ていて、楓子さんにもわかった。優勝と言われれば、優勝に違いない。忖度などなくてもきっと優勝だった。

楓子さんは、そう考えようと思った。

「えっ！　お姉さん、よかった——、まだここにいらしたんですね」

なんと麻白ちゃんが、地下食品街の大英帝国フェアにやってきていた。

「麻白ちゃん、準優勝おめでとう。私たち、会場で見てたのよ。『月の光』とってもよかったわ」

「ありがとうございます。あ、そうだ。クマちゃんお返ししないと」

そう言って、麻白ちゃんは、『ハムリーズ』のクマちゃんを、ポケットから出した。

そしてそのコの頭を何度もなでてくれる。

「麻白ちゃん、よかったらそのクマちゃん、もらってあげて。このコ、ものすごく縁起のいいコなの。今まで私、何度もいいことに出会ったわ。きっと、麻白ちゃんの未来に奇蹟《きせき》を起こしてくれるわ」

こんな励ましくらいしか、楓子さんにはできなかった。

「ホントですか……？　実はわたし、このクマちゃんのおかげで、今日の『月の光』、今までで一番うまく弾けたんです。優勝しようがしまいが関係ないくらい、指が動いてくれて……」

やはりそうなのか……彼女の演奏は、実は今まで楓子さんが聞いた中で一番素敵な『月の光』だった。

「たぶん、ピアノもよかったんだと思うんです」

麻白ちゃんが言った。

「『ベーゼンドルファー』のピアノだったんです……」

『ベーゼンドルファー』とは『スタインウェイ&サンズ』と並ぶ世界的に歴史のあるブランドピアノの一つだ。なかなかお目にかかることはできない。

「しかも、ベーゼンの中でも『インペリアル』という最高のフルコンサート・グランドピアノで、音の響きがとにかくよくて、『月の光』みたいな音を抑える曲でも、弦の共鳴が素晴らしくて……なんか……そんなピアノを弾かせてもらえただけで、わたし、今日は胸がいっぱいで……」

麻白ちゃんの顔に悔しさはまったくみられなかった。心から満足しているのがわかる。でも、この子は謙虚すぎる。

「麻白ちゃん……ベーゼンは確かに素晴らしいピアノだけど、それを弾きこなせる麻白ちゃんの腕がいいのよ。ベーゼンは、弾きこなすのはすごく難しいと言われているピアノなの。でも麻白ちゃんだったら、普通のアップライトでも、びっくりするほど素敵に『月の光』を弾きこなすわよ」

楓子さんは、自信をもって言った。

「ああ、そうだ、ちょうどいい……ちょっと、こっちにきて……？」

楓子さんは、昼間何杯も飲んだバーカウンターに麻白ちゃんを連れて行って、中にいるパブのお兄さんに頼んだ。

「あのね、この子ピアニストなの。そのピアノ、弾かせてもらってもいい？」

大英帝国フェア内のイングリッシュ・パブのカウンター横にあるアップライトのピアノを指さして言った。

「もちろん！　このピアノ、デパートのものだから、誰が弾いてもいいんだって。今、『駅ピアノ』とか『空港ピアノ』とか、自由に弾けるピアノ、テレビでよくやってるよね。で、何を聞かせてくれるんだい？」

「ドビュッシーの『月の光』、なんだけど」

「最高だね。もう夕方だし、パブにはムーンライトがつきものだ」

お兄さんは、ピアノの蓋を開けると、「プリーズ」と言ってくれた。

「え……ここで……？　弾いて……いいんですか……？」

麻白ちゃんは一瞬ためらってしまうが、楓子さんには、その指がまだ弾き足りないと言っているように思えた。

「もう一度、聞かせてくれない？　私からのアンコールよ」

楓子さんは言った。

「あなたの今日の演奏は『ベーゼンドルファー』の『インペリアル』だから最高だったんじゃないってことを、ここで証明するのよ」

すると麻白ちゃんは、ハッとした顔になった。

そして、十八歳のピアニストは静かに椅子に座った。大きく息を吸い込んだと思うと、その一音目を鍵盤に落とした。

ほら、月の光が差してきた、と楓子さんは思った。

ざわざわごみごみした大英帝国フェアの会場が、少しずつ静かになっていくのがわかる。驚くのは、会場のお客さんの動きがあちこちで、ふっと止まってしまったことだ。

みんな音源を探し、それがデパートのスピーカーから流れてくるBGMではないことがわかると、大勢がじりじりと麻白ちゃんの元へと集まりだした。

麻白ちゃんが五分ほどの曲を弾き終わると、あたりは拍手喝采だ。

どよめきがなかなかおさまらない。デパ地下の食品街なのに。

「麻白ちゃん、もしよかったら、『革命のエチュード』も聞かせてもらえる?」

　楓子さんがリクエストした。麻白ちゃんはためらいながらもうなずくと、次の瞬間、あの長い指が広い鍵盤の上で踊りだした。

　フェア会場のヤマハのピアノはちゃんと調律してあって、素晴らしい音色だ。なんて激しい曲、なんて力強い音色、なんて華やかな革命!

　ああ……間違いない……本当は彼女が優勝者だった。楓子さんは胸が痛くなった。でもきっと麻白ちゃんなら、今回の理不尽な結果をいつか飛び越える日がくる。楓子さんはそう確信した。この高校生がこのまま埋もれるわけがない。

　と、その時だった。背の高いイギリス人の男性が、楓子さんの隣にやってきた。

「エクスキューズミー。ユー、ミス・メープル、だよね? なんで君、こんなところにいるんだい?」

　グレイヘアで青い目の年配男性が、いきなり楓子さんに英語で話しかけてきた。

「えっ? ハワード教授? 先生こそ、どうしてこんなところに?」

「どうしてって、このデパートの上でやっていたコンクールの審査員をたのまれて、わざわざ日本に来たんだよ。ミス・メープルは、あの女の子の知り合いかい?」

「知り合いっていうか、そうですね。彼女、ピアノ、うまいでしょ？」

「彼女は天才《ジニアス》、うちの大学に特待生でいらっしゃいって言いたかったのに、すぐにコンクール会場を出ていってしまったから、こりゃしまったと思ってたら、ピアノの音色が聞こえて、ここにきてみたら彼女がいた……」

その時、吉井くんがやってきて、

「お知り合いですか？」と、たずねた。

「私がロンドンの美大に行ってた時の、パブ仲間……っていうか、先生なの。先生は美大じゃなくて、イギリス王立音大の教授。プロフェッサー・ハワードよ。今日のコンクールで審査員をしていたんですって。気がつかなかったわ」

「楓子さん、意外と顔が広いですね……」

「ロンドンの学生街の行きつけのパブで、しょっちゅう会っていたから……飲み仲間だったの」

楓子さんは、苦笑いだ。

「ミス・メープル、あの女の子にもう一度、『革命のエチュード』弾いてくれるよう、お願いできるかな？」

プロフェッサー・ハワードは楓子さんに頼んだ。

「麻白ちゃん、もう一回、『革命のエチュード』を弾いてくれる？　リクエストがきたのよ」

楓子さんが言うと、麻白ちゃんがニコッと笑って、鍵盤に手を置くと、また勢いよく弾き始めた。先ほどよりもっと迫力のある演奏だ。彼女の中で革命が起こっている。この曲をどれほど愛しているのか、よくわかる。

それを見つけたのが、宇賀神幹子ちゃんだ。

ご両親といっしょに、大英帝国フェアに来ていた。

彼女はすぐに麻白ちゃんの横に立った。そしてその演奏を息をのみながら見ていた。弾き終わると、またフェア会場は割れんばかりの拍手だ。

「麻白……ごめんね……ホントはあなたが優勝よね……」

幹子ちゃんが、麻白ちゃんに言った。

「そんなことないよ。何言ってるの。幹子の『革命のエチュード』すごかった。鬼気迫るものがあった。革命って、そういうものよ」

麻白ちゃんは、泣きそうな幹子ちゃんに言った。

「ちがう……今の麻白のような弾き方、ワタシにはできない……なのに、ごめんね……この曲をあなたに弾かせないで……ワタシ、卑怯《ひきょう》だよね……」

幹子ちゃんは、麻白ちゃんに曲を変更させたことを、ものすごく後悔していた。

「そんなこと言わないで。わたし、ここでこうして弾かせてもらって、今すごく嬉しいの。幹子、お願い、胸をはって。でないとわたしも胸をはれないから」

麻白ちゃんがそう言うと、幹子ちゃんはようやくうなずいた。

気づくと二人は手を取り合って、じっと互いを見つめあっていた。

その姿はそれぞれを敬う、未来の良きライバルだ。

未来に困難はつきものだけど、あの大きな手がある限り、今朝席を譲ってくれた優しい女の子は、この先もずっとピアノを弾き続けていくだろう。

「さ、吉井くん、帰りましょう。今日はいい一日だったわ……ありがとうね」

楓子さんは、イートイン・コーナーで残りの紅茶を飲み干すと、立ち上がった。

スコーンとサンドイッチは、お持ち帰り用の紙袋に入れた。

「大英帝国フェアにピアノのコンクール、今日は色々と非日常を経験しましたね。きっと大河先生にとっても、次の作品へのいい刺激に……」

なりますね。

と吉井くんは言いたかったが、楓子さんはもうすでに、あの重たいキャス キッドソンのキャリーバッグをずるずるひっぱって、歩き出していた。

「あっ、大河先生……待って……それ、僕が持ちますからっ」

吉井くんが、楓子さんを追いかけていく。

二人が去った大英帝国フェアの会場から、エチュードの『第三番』が流れてきた。

それは麻白ちゃんが楓子さんのために弾いている、ショパンの名曲中の名曲『別れの曲』だった。


奇蹟は努力した者にのみ、忘れたころに起きること。

ハムリーズのクマちゃん、麻白ちゃんをよろしくね。

楓子さんは、そう祈りながら、ウェストエンドを後にした。

余話　それぞれの卒業

川岸奈々子さんの場合

神奈川県横浜市にある浜鷺《はまさぎ》小学校の卒業文集で、川岸奈々子《かわぎしななこ》さんは、将来なりたい職業の欄に、ためらうことなく『幼稚園の先生』と書いた。

それは、当時クラスの人気者だった沢谷《さわたに》ひろきくんが、子供好きな女の子が好き、と言っていたからだ。

四月になれば奈々子さんは、沢谷ひろきくんと同じ横浜市立浜鷺中学校に進学する。

もしかして気持ちが通じて、沢谷くんとつきあう、なんてことになるかもしれない。

奈々子さんはいい印象を刷り込みたくて、聖なる卒業文集の中に、平気で偽りの希望職を書いた。十二歳にして忖度した。

でもその頃、将来何になりたいかなんて、何も考えていなかった。

どうして生まれて十二年そこそこで、将来の仕事を決めないといけないのか、そのことに憤りすら覚えてしまう。もし奈々子さんがアラフォーの今なら、担任の教師をつかまえて、

「どうして、自分の希望の職を人に教えないといけないんですか？　それって第一、個人情報ダダ漏れじゃないですか？」くらいかましてやるのだけど、十二歳の奈々子さんは、まだピュアでおとなしかった。

好きな男の子のタイプが『子供好き』なら、当時の奈々子さんは自分を殺し、『幼稚園の先生』にだってなれる気がした。

いや、しかしこの柔軟さは、相手に合わせすぎて男をダメにする危険性をはらみ始めていたことに、この時、奈々子さんはまだ気がついていなかった。

もし気がついていたら、二十代の奈々子さんは、尽くし過ぎて男らを金にだらしの

ないヒモ体質に変えてしまうことはなかったと思う。

そしてクラス一モテ男の沢谷ひろきくんは、中学に入っても変わらずモテ続け、奈々子さんは中一と中三で彼と同じクラスになったが、箸にも棒にもひっかけてもらえなかった。

一度、中二のバレンタインの時、義理チョコっぽくごまかしながら、ド本命チョコを渡したことがあったが、ホワイトデーのお返しすらなかった。

一方、沢谷くんは、中三の夏前頃から、学年一可愛くて、学年一女子に嫌われている山名愛《やまなめぐ》さんと付き合い始め、ラブラブな二人は高校まで同じ県立に進んだ。

山名愛さんとは、女子だけで行う体育館での球技はやる気ゼロで終始タラタラ、後かたづけすらバックレるような性格だが、男子と合同で行われる校庭での陸上競技の場合は、可愛い声できゃあきゃあはしゃぎ、男子の視線を独り占めするのが常だったような人だ。

沢谷くんには、それがわからない。まあ、男子ってそういうもんだ。と、奈々子さんは苦虫を嚙《か》み潰すような思いを、中学で学んだ。

そこへきて、また中学の卒業文集で、将来の夢を書かねばならないことになった。

今度こそはもう忖度なしで、本当のことをぶちまけようと思ったが、実は十五歳ごときで将来の夢なんて、語れるわけがなかった。

奈々子さんはまた悩んだ末、とりあえずなんとなくカッコいいな、と思い「スチュワーデスさん」と書いた。

この時代、女子にダントツ人気ナンバーワンの職業だ。この頃はまだ、空飛ぶ素敵なお姉さんたちのことをスチュワーデスさんと呼んでいた。今なら『キャビン・アテンダント』あるいは『CA』さんだ。

しかし、実は奈々子さんは高所恐怖症だ。

今もたまに海外旅行に行くが、出発のときはいつも「この旅で死ぬ」、と覚悟を決めて、飛行機に乗っている。

そんな人はスチュワーデスさんになってほしくないと、日本航空さんも全日空さんも、奈々子さんを全面却下するだろう。

それから奈々子さんは高校に行き、大学に行き、晴れて超難関『翔岳館《しょうがくかん》』に就職が決まった。

大手出版社に入るのは、並大抵のことではなかった。

有名大学から、一人受かるか受からないかの狭き門だ。

奈々子さんは大学四年間をかけて、就職のためにありとあらゆる努力をした。

そうこうしているうちに、地元横浜の公立中学に一緒に通った沢谷くんやら山名愛さんのことはすっかり忘れてしまった。みんなどうしているだろう、とさえ思わなくなっていた。

そして今、アラフォーになって、横浜の実家に中学の同窓会のハガキが届いていた。

過去にも何回か同窓会のお誘いはあったが、もう地元に住んでいない上、毎夜十一時すぎまで会社にいるので、土日はくたくた、なかなかそのような晴れがましい場所に出かけるようなパワーがなかった。

けれど今回は違った。

このところ仕事は順調だし、何だか色々と吹っ切れて毎日が結構楽しいし、たまには懐かしいみんなに会うのもいいかもしれない、と思い立ち、珍しく同窓会に出かけることにした。

場所は横浜の港が見える歴史ある『ハーバーホテル』。

ピアノ・バーが素敵で、カクテルを作る老バーテンダーが粋で、あのホテルが会場なら行ってもいいわという、かなり上からの発想に、「ちょっと自分、ダメだな」と反省しつつも、出席のハガキを出した以上、全力投球しようと決めた。

頭から靴の先まで、キメキメにキメようと思った。

お金に糸目はつけない気分だ。

けれど、いつから自分はこんなイヤなキャラになったのだろう、と猛省し、いつもの十センチのピンヒールはやめて五センチに落とし、昔、清水《きよみず》の舞台から飛び降り覚悟で買った『エルメス』の『バーキン』も封印し、パッと見ではブランドがわからない『和光』の上質ハンドバッグを選んだ。ニューヨークのできる女風の服が好きだったが、この日はラルフローレンの白のリネンのレース風ワンピースで、さわやかさ清《せい》楚《そ》さを演出してみた。開襟シャツ風の首回りには、大きすぎない一粒ダイヤのネックレス。とにかく、いつもの奈々子さんより四〜五割ほど抑えたファッションだ。たぶん、男子からも女子からも疎まれないであろう装いと信じた。

しかし、『ハーバーホテル』のバー・ラウンジに入ったとたん、奈々子さんは自分が浮きまくりであることに気がついた。

懐かしい友達はことごとく素敵なママあるいはパパになっていて、みんな堅実でカジュアルな服を着ていた。幼稚園くらいのお子様を連れてきている人もいる。

「わあ〜、奈々子よね！」

仲良しだった女の子たちが、駆け寄ってきてくれる。

「なによぉ奈々子、全然音信不通で顔見せないんだから〜。でも久しぶり〜、会えて嬉しい〜。ワンピース、可愛いわねえ。そんな細いウェストして、モデルさんみたいじゃない。私なんてもうダメ、家でスウェットしか着ないから、お腹《なか》出てきちゃってぇ〜」

そういう村上《むらかみ》まさえちゃんは、確かにちょっとふっくらしているけれど、すごくいい笑顔だ。間違いなく結婚して幸せに暮らしているママの顔をしている。

他の杉森英子《すぎもりえいこ》ちゃんも、多和田里子《たわださとこ》ちゃんも、吉行賢治《よしゆきけんじ》くんも、田中律《たなかりつ》くんも、みんなみんな地に足をつけて生きている、ピカピカ笑顔のアラフォーパパママだ。

奈々子さんは、みんなとともに一瞬にして十五歳に戻りたかったが、なかなか戻れなかった。

しかし、こういう懐かしい昔のいい仲間は、決して奈々子さんに、今どうしているの？　結婚したの？　などなどの質問を無遠慮に浴びせかけたりしない。

奈々子さんは徐々にこの同窓会を心地よく思い始めていた。

そんな時だった。

「久しぶりだね、川岸さん」

一人の男性が、奈々子さんに声をかけてきた。

若干、白髪まじりであるが、顔かたちは悪くない。背もそこそこ高く中年太りもしていない。

「えっと、ごめんなさい……名前……でも、顔はどこかで見たような気が……」

誰だ？　と、奈々子さんは必死で思い出そうとした。

「ひどいな、川岸さん、俺にバレンタインのチョコレートくれたのに。沢谷です」

「えっ！　ひろきくん？」

学年一女子に嫌われている山名愛さんとつきあって、高校も山名さんと同じ県立に行った彼だ。

その初恋の彼に今、昔のような輝きはない。

なんだかすごく疲れた顔をしている。それに、中三から会っていないので、かなり背が伸びていたことにも、びっくりだ。

「川岸さんって、今、翔岳館にお勤めなんでしょ？　すごいよね。小学校から秀才だったけど、やっぱりできるんだね」

「運がよかっただけ。私、出版社にお勤めするのが夢だったから」

奈々子さんはこの時、自分で言って初めて気がついた。奈々子さんの夢は小さい頃から、本に関係する仕事につくことだった。

「俺さあ、大学出てからすぐ山名と結婚したのは、知ってるよね？」

いや、知らない。なんで自分を好きだった女がみんな、自分のことを知っていると考えるのだろうか。自意識過剰だ。

え？　でもあの山名愛さんと、そのままゴールインしたのか!!　それって超純愛だ。中三でつきあって、大学を卒業したら即結婚なんて……ありえん。

奈々子さんは、ここで一気にやさぐれた気持ちになってしまう。

マノロのピンヒールはいてくればよかった。バーキンだって、持ってくりゃよかった。私は私で生き生き暮らしていることを、みんなに教えたってよかった。

なんでこんな私らしくない格好で来ているんだろう。

「でもさ、五年前、彼女に好きな人ができて離婚しちゃったんだ。俺、今バツ一」

マノロ、バーキン却下。今日は清楚なラルフローレンで正解だ。

「そっか、沢谷くん……すごく、つらかったね……」

奈々子さんは言った。離婚で疲れた顔をしている沢谷くんを見て、奈々子さんも悲しくなる。

「お子さんは、いらっしゃるの……？」

『子供好きな人』が好きな沢谷くんだ。たぶん、子供は複数名いるだろう。

「彼女、子供が苦手なんだよね。だから子供はいないんだ」

私も見る目がないけれど、沢谷くんも見る目がなかった。

「川岸さんって、まだシングルなんでしょ？　翔岳館なんかにお勤めしてたら、よりどりみどりで決められないよね？」

はあ？　よりどりみどり？　私のフロアのすぐ近くにいる独身って、亜蘭《あらん》さんでしょ、吉井《よしい》くんでしょ……。そんで、男じゃないけど男っぽいペンネームの転法輪《てんぽうりん》弘《ひろし》先生に、大河《たいが》ショー和《やまと》先生。

「よりどりみどりじゃないけど、楽しいわよ。すごく」

これは、正直な奈々子さんの気持ちだ。

「うん、そんな感じする。川岸さん、すごく頑張ったんだね。だって、とてもいい顔している」

ああ……なんか、泣きそうになる。

昔、大好きだった人に、ほめられている。

奈々子さんは、沢谷くんからホワイトデーのお返しすらもらえなかったけど、今のその言葉は、すべてを帳消しにするほど嬉しい一言になった。

川岸奈々子

将来の夢

『翔岳館』初の女性社長

香川県善通寺南中学校卒業文集

中学時代を振り返って

三B　福田健次郎《ふくだけんじろう》

この三年間をふりかえって、一番思い出に残るのが、東京への修学旅行でした。初めての東京に、驚くことばかりでした。まず、たくさんの電車や地下鉄があることに、びっくりしました。

浅草での自由時間は楽しかったですが、観音さまにお参りをして、さあお賽銭《さいせん》をしようと思った時、僕は自分の財布をなくしてしまったことに気がつきました。

たぶん浅草に行く電車の途中で、落としたのだと思います。僕は、あれこれ荷物を持ちすぎて、ズボンの後ろのポケットにいれた財布にまで、気が回りませんでした。

先生にすぐ報告しましたが、先生はそれは自分の責任だから、残りの日は買い物をしないで過ごしなさい、と言われました。

それはもっともだと思いました。なぜなら旅行前に先生たちから、絶対貴重品から目を離すな、財布を落としても先生たちはお金を貸さない、と口をすっぱくして言われていたからです。

浅草で買いたいお土産はあれこれありましたが、我慢することにしました。

でも、そんな時、親友の三Cの吉井《よしい》遼《りょう》くんが、僕に二千円を貸してくれたのです。

「吉井、二千円も貸してくれたら、お前がなんちゃ買えなしんなるで」

と、言ったのですが、吉井は、

「大丈夫だで。使ったらええで。僕は、特に買いたいものがないで」

と言って、千円札二枚を僕に渡してくれました。

五千円しかないお小遣いのうち、二千円も貸してくれるのです。僕は親戚も多くて、兄弟姉妹も多いので、お土産を買わないわけにはいきません。

吉井はそういうやつです。いつも自分のことより、人のことを気にかけるのです。

僕は小学校からずっと吉井と同じ学校ですが、吉井に助けられたのは、この時が初めてではありません。

小学校の時、鉄棒の逆上がりができない僕に、何時間もつきあって教えてくれたことがあります。自転車を盗まれて、土手に落とされていたところを、吉井が見つけ出し、直してうちに持ってきてくれたこともあります。そんな吉井に、僕は何もしていません。最後の修学旅行の時まで、吉井に助けられてばかりです。

吉井は頭がずば抜けていいから、きっと高校を卒業したら、京都の大学に行って、好きな数学やら科学を勉強して、末は博士になって、ひょっとしてノーベル賞を取るかもしれないけど、こんな僕が友達だったこと、忘れないでほしいな。そして、吉井がもし困ったことがあったら、どうか一度でいいから、僕に助けさせて下さい。

浅草で食べたもんじゃ焼き、すごくおいしかったね。ごちそうしてくれて嬉しかった。

本当は自由時間に飲食店に入るのは禁止だったけど、吉井と二人でこっそり入ったもんじゃ屋さん、僕はきっと、死ぬまで忘れないと思います。

高校は別々になるけど、今まで本当にありがとう。

最後のお見合い

私はいったい何回ここでお見合いをしてきただろう。

おいしい懐石料理をいただいた後、美しい日本庭園をお見合い相手と二人っきりで歩き、うわっつらの差しさわりのない会話をすすめる。

祖父も祖母も両親も、みんな私が素敵なお嫁さんをもらうことを楽しみにしていた。

出会う方はみんな、申し分のないいいお嬢さんなのに、どうにも私の心は将来を描けない。

それなら初めからお見合いなどしなければいいのに、断る勇気も私にはなかった。

なぜ、ときかれても、答えられなかった。

私は、北条《きたじょう》家のたった一人の跡継ぎだったから。

でもある日、一人の女性が、初めてこう言ってくれたのです。

「光太郎《こうたろう》さん、このお見合い、断って大丈夫だからね。私が、イマイチ気の利かない女だったって言えばいいから。たぶんあなたはとても優しいから、ご両親さまを安心させたくて、色々な方と何度もお見合いをされているのだと思うけど、無理はしちゃだめ。誰のための人生か考えて」

生まれて初めて、私は自身のことを見抜かれていた。気がついたら、涙がぽろぽろと頬をつたって落ちていた。

私はトランスジェンダー。生まれた時から、心は女性だった。

森野《もりの》楓子《かえでこ》さんは池のほとりで、涙が止まらない私の背中をずっとさすってくれました。

「コーチャン　ナイチャダメダヨ　ワラッテ　ワラッテ。エガオハ　エガオヲ　ハコンデクルヨ」

楓子さんは、バッグから小さな黒いクマのヌイグルミを取り出し、それを泣いている私の目の前にかかげ、クマの声になって言ったのです。

でも、そのクマを見て、私はもっともっと激しく泣いてしまいました。

だってそれは、私が小さいころから大切にしていたパリの『レ・プティット・マリー』というおもちゃ屋さんの黒いクマのヌイグルミだったからです。

「クロ丸くん……クロ丸くんだよね……？」

私は、楓子さんの黒いクマを手に取ると、思わず抱きしめてしまいました。

ずっとずっと大切にしてきたクロ丸くんなのに、中学に上がって家に帰ると、家のヌイグルミはみんな捨てられていました。

中でも私が特に黒クマのクロ丸くんを大事にしていたのは知っているくせに、母はそれを捨てたのです。

もう中学生なのに、いつまでも男の子がヌイグルミなんておかしいわよ、と言っていました。

「楓子さん、ワタシ、このコとまったく同じヌイグルミを持っていたのに、母に捨てられちゃったの」

私は恥ずかしげもなく、日本庭園の池の前で、わあわあ泣いてしまいました。あの中一になった時に泣けなかった分の涙かもしれません。

そして、楓子さんの前でなら、泣いても許される気がしたのです。

「コーチャン　ヒサシブリー　ボク　クロマルダヨ。ボクハ、ステラレタンジャナクテ　モリノサンノトコロニ　サトゴニダサレテタンダヨ。タダイマー、コーチャン」

楓子さんは、そう言って、クロ丸くんを、私の背広のポケットに、ねじこんでくれました。

それから十五年、もう、ずっとずっと楓子さんとは大親友です。

楓子さんと会う時はいつも、クロ丸くんを持っていきます。

楓子さんとは、一緒に旅行に行ったり、たまに奥さんのふりをしてもらったり、おいしいものを食べにいったり、たぶんこの地球上で、一番好きな人です。

クロ丸くんが、私のところにもどってきてから、私は私を生きるようになりました。

祖父母、両親にはついに本当のことを言えずじまいでしたが、たぶんみんなうすうすわかっていたと思います。

楓子さんと出会って、色々なことが楽になりました。

次生まれてくるときは、私は、楓子さんみたいな女性になりたいと思うのです。

松田さんの場合

夕方、楓子さんが散歩をしていたら、近くの公園で松田《まつだ》のおばあちゃまが、一人ぽつんと、ブランコに座っていました。

楓子さんは、おばあちゃまのそばへ行くと、

「こんにちは」

と、いつものように声をかけます。

もう四月とはいえ、花冷えなので、風邪をひいたらいけません。

それなのに、おばあちゃまは薄いセーター一枚だけです。

「ああ、楓子ちゃん、こんにちは……」

元気なくおばあちゃまが言いました。

「実は、うちの『トラ吉』がいなくなってね……」

トラ吉というのは、猫のトラ吉のことです。そして、そのトラ吉とは、楓子さんの家にいりびたっている『松田さん』のことです。

「あの、トラ吉くんでしたら、うちにいますよ。すぐにでも、おばあちゃまのところにお連れしましょうか？」

「あら、そうなの？　知らなかったわ。じゃあ、都合のいい時、連れてきてくれる？」

おばあちゃまは、この頃少し、忘れっぽくなっていました。

トラ吉が楓子さんちにいりびたっていることは、前に何度も話したのですが、すぐに忘れてしまうのです。

「では、明日の午前中にでも、お連れしますね」

今だと、夕飯時で、おばあちゃまの息子さん家族のお邪魔になると思ったので、楓子さんは明日がいいだろうと思ったのです。

「悪いわね。トラ吉は自由にさせているから、すぐどこかに行ってしまって。でも、今回帰ってきたら、もう外に出さないようにするわね。楓子ちゃんに迷惑かけちゃうから」

「いいえ。私、トラ吉好きですし、うちに遊びに来てくれるのは大歓迎なんですよ」

トラ吉、いや『松田さん』がうちにこなくなったら、ルルちゃんが悲しむ。

シンプキンもがっかりする。三匹はとても仲がいいから……。

楓子さんは、こんな日がいつか来るのでは、と思っていたけれど、それがまさか今日だとは思わなかった。なんだかすごく落ち込んでしまう。

「じゃあ、わたし、帰ろうかしら。なんか、ほっとしちゃって……」

松田のおばあちゃまは言いました。

その言葉で、おばあちゃまがずっとトラ吉を探していて、寂しい思いをしていたことに気づき、楓子さんは、やはりトラ吉を返さなければと決めました。

「あら……えっと……わたしのうちは……どっちの方向だったかしら」

ブランコから立ち上がったおばあちゃまは、公園内をきょろきょろ見回します。

「あ、一緒に帰りましょう。お送りしますね」

楓子さんは、おばあちゃまと一緒に、世田谷のお屋敷町を歩き出します。

そしてすぐに、松田さんの家が見えてきました。

赤い屋根で、白い大きな二階建てです。庭も広くて、今、ヒアシンスやチューリップ、ムスカリの花が咲き乱れています。

「ありがとうね、楓子ちゃん、ではまたね」

そう言って、松田のおばあちゃまが玄関の扉を開けると、その向こうに、猫のトラ吉、いわゆる楓子さんの『松田さん』が座っています。

「おばあちゃま、トラ吉くん、お家に帰ってますけど……？」

楓子さんが言いました。

「まあまあ、ホントね。トラ吉、このコは心配させて……」

おばあちゃまは、家に上がると、すぐにトラ吉を抱きしめていました。すると、お孫さんのワタルくんがやってきて、

「おばあちゃん、トラ吉、帰ってきたよ。もう逃げないように、僕、さっきこれを買ってきたんだ」

そう言って、ワタルくんは、トラ吉に赤い首輪をつけたのです。小さなネームプレートには、電話番号と名前が彫られています。

そんなトラ吉をじっと見ながら、楓子さんは、少し泣きそうになりました。

もうきっと、トラ吉は完全な家猫になってしまうでしょう。
もうフラフラと楓子さんの家に来ることはないのです。
最後にもう一度、抱っこさせてもらえばよかった。
松田さんの白手袋の前足、大好きだったな。
それから楓子さんは、屋敷へとトボトボ帰っていきました。
もうとっぷりと日が暮れています。
家の玄関を開けると、シンプキンとルルちゃんが、出迎えてくれました。
そうね、私には、シンプキンもルルちゃんもいるじゃない。
楓子さんは涙を拭いて、サロンへと入ります。
その時、あれ？　と、テーブルの上を二度見しました。
もう一度見ます。三度見になります。
老眼の楓子さんは、遠くのものは意外とはっきり見えるのです。
「松田さん？」
テーブルの上で、松田さんが寝ていました。
たぶん、今夜は冷えるから、このテーブルの上にガスコンロを置いて鍋をするだろうとでも思ったのでしょうか？

「なに……帰ってきたの？　早くない？」

楓子さんは、松田さんに近づいていきます。

「あっ……って、いうか、松田さん、赤い首輪していない！」

では、先ほど松田さんの家にいたトラ吉は誰だったのでしょうか？

楓子さんの『松田さん』は、松田さんの家のトラ吉ではなかったのでしょうか？

「松田さん？」

楓子さんは、呼んでみました。すると松田さんは、「ナーン」と言いながら、楓子さんの腕にスリスリしてきたのです。

今度は、

「トラ吉くん？」

と呼んでみますが、何の返事もなく、松田さんは自慢の白手袋の前足で顔を洗い始めました。

どうやら明日、雨になるらしいです。

六本木姉妹

六本木駅近くにある高層ホテルの最上階に、その美しいバー・ラウンジはあった。

東京タワーが間近にせまる、最高の眺めの席に、翔岳館『ナイト・ハンター・ノベルス』編集部の編集長、亜蘭明《あきら》が、コニャックの入ったグラスを、手の平でゆらゆらさせながら、金曜の夜を楽しんでいた。

その彼の向かいの席に座るのは、部下の小山順治《こやまじゅんじ》くん、三十四歳。

「いや、でも、小山が、元気になってくれてよかったよ……。佐渡島鬼一《さどがしまきいち》先生の担当は、しばらく俺が引き受けるから、もう心配しなくていいぞ」

小山くんは、度重なる佐渡島先生のモラハラとセクハラで、すっかり参ってしまって、ひと月ほど自宅療養をしていたが、今週ようやく会社に出てこられるようになった。亜蘭は今夜、その彼をねぎらう意味で、六本木で最高のバーに連れてきた。

「僕がこれから担当させて頂く、笹塚春臣《ささづかはるおみ》先生でしたら、大丈夫です。笹塚先生とは、前に何度もパーティーでお会いして、お話ししてますから。ちゃんと普通の常識ある方なので、僕、今度こそ、きちんと担当させて頂きます」

小山くんは、ようやく元気を取り戻した笑顔で言った。

「無理そうだったら言ってくれれば、担当変えるからね。やっぱり小山くんあっての『ナイト・ハンター・ノベルス』だから。頑張らなくていいんだよ。肩の力抜いて。吉井なんて肩の力、抜きっぱなしだからね。アイツ、大河先生のところにいくたびにナベ食ったり、モチ食ったり、いい酒飲んだり、猫と遊んできたり……アイツのスマホのホーム画面知ってる？　大河先生んとこの猫三匹と自分だよ。吉井の右肩に白猫が乗って、左肩がトラ猫。そんで、なんかえらいデカいアメショーを吉井が抱いてる図。いつ見てもその写真なの。それってどーよ？」

「でも、大河先生は、吉井くんが担当になってから、なんかイキイキした文を書くようになりましたよね？　ストーリーもめちゃくちゃ面白いし」

「ああ、すみませんね。俺が担当してたときの大河先生、イマイチな文で……」

「いや、そういうことじゃなくて。僕、知ってますよ。翻訳家だった大河先生が、あのようなすごい小説を書けるようになったのは、ひとえに亜蘭さんの教えがあったからだそうじゃないですか……。『ナイト・ハンター・ノベルス』の小説がどのようなものか、一からたたき込んだそうですね」

「そうね……最初ちょっと、厳しくご指導いたしました。そのせいか楓子さんは、今でも俺を見るとビクビクした顔になるんだよね。ま、いいけどさ……」

その時、ラウンジに閃光が走った。この六本木の高層ホテルの最上階のバーに似合いすぎるほど似合う、上品で美しい女性二人が、光り輝きながら入ってきたのだ。

どのテーブルの客も、その二人を二度見、三度見、四度見してしまう。

亜蘭に至っては、一瞬腰を浮かせていた。

年齢不詳だ。アラフォーなのか、それとも、どこか大人のゆとりの笑顔から考えてアラフィフなのか。でも、顔はぴかぴかでシミやシワがまったくない。アラサーかもしれない。

そして、二人ともめちゃくちゃ背が高い上に、十センチ以上のピンヒールをはいて、背筋をのばして格好がいい。

モデルさんか？　と思ったが、浮世離れした、やんごとなき雰囲気もある。

百八十センチ以上あるきりっとした美人は、肩下でゆれている薄茶のロングヘアーがさらさら、キラキラだ。

たとえて言うなら、元宝塚の天海祐希さんのような超絶男前美人だ。

もう一人の美人さんは、これまたスタイルがよく、フランス人形のような可愛いウェーブのロングヘアにパッチリした目元。

天海さん似の超絶男前美人さんは、黒のすかしあみのタートルネック・ドレスだ。直径十センチほどの穴をわざとあちこちにあけてあるデザインの袖から見える、透明感のある肌。

フランス人形のような超絶可愛い美人さんは、生成《きな》りのサテン・ドレス。しかも肩まで見えるノースリーブ。胸のあたりと裾がレースで、全体がストレートにフィットしている。

その二人が、亜蘭の隣のテーブルに案内されてきた。

この時、フランス人形さんは、気のせいか一瞬、目が点になっていたが、その後すぐ、何やら小声で（おそらく英語で）、天海さん似の美女にコソコソ話していた。

すると男前美女は、フランス語で「大丈夫よ、大丈夫、ぜったいわからないから」

と、今日一番のお楽しみ時間が来た、とばかりに破顔した。

この美女二人はその日の午後、銀座のエステに行き、南青山で知り合いのプロにメイクを施してもらい、表参道の美容院で髪をゴージャスにセットしてもらい、プラダの店で新作のドレスを着ると、また銀座に戻り、夕食をとった。

それからいつものように、ラストはこのお気に入りの六本木のバー・ラウンジに立ち寄った。

「そうだわ、ワタシもコニャック、いただこうかしら?」

天海祐希さん似の美人、もうはっきり言っちゃうと、こちら北條光太郎さんだが、いわゆる楓子さんの親友コーちゃんは、亜蘭さんの飲んでいるグラスを見て言った。

「私は、どうしようかしら……もうそんなに飲めないしぃ……」

整形したのではないかというくらい今や別人になっている、超絶可愛いフランス人形さん――実は楓子さんはといえば、ここにきて飲めないキャラを演じている。

「あの……お嬢さまがた……」

そうとは知らない亜蘭明、一世一代の勇気を振り絞って、二人に声をかけていた。

「私のコニャックでよければ、どうぞ」

と、自分のテーブルの上にあるヘネシーのボトルを指さしていた。ヘネシーの中でもかなり上のランクだ。

コーちゃんは、亜蘭にニコッと微笑んだ。「いただきます」ということらしい。

大人の会話が成立している。

「そちらの生成りのドレスがよく似合うお嬢さんは、『ホワイト・レディ』なんて、いかがでしょう？　ごちそうさせてください」

『ホワイト・レディ』、別名『白い貴婦人』と呼ばれるこのお酒は、ドライジンとホワイト・キュラソーとレモンジュースで作られている。爽やかな香りと洗練された味のカクテルだ。

亜蘭編集長は大河先生に酒を勧めていることに、もちろん気づいていない。

「まあ、ステキ。私、ごちそうになっていいのかしら」

楓子さん的には、ドライマティーニでも頼んで、中のオリーブをカリカリ食べたい気分だったのだが、編集長が白い貴婦人とまで言ってくださるのなら、それを飲む以外の選択肢は考えられなかった。

亜蘭さんの向かいの小山くんも、ドキドキワクワクしているのがわかって、楓子さんの胸はちょっと痛んだ。

「あの……お二人は、どういったご関係で……？」

亜蘭さん、いきなりコーちゃんと楓子さんの個人情報を引き出そうとする。

「姉妹なんです。ワタシがルミで、妹はカレンと申します」

『リュミエール　デュ　ジュール』のオーナー、コーちゃんは、リュミからルミへと自分の名前を咄嗟《とっさ》に改名。

楓子さんのことは、楓子さんの本当のミドル・ネームのカレンで呼んでいた。

「へえ〜、ルミさんに、カレンさんですか……お名前までお綺麗だなあ……」

小山くんは、目がハート型になっている。

楓子さんは、心で「すまん」と詫びた。

「あれ？　ウソみたいだけど、カレンさんって、大河先生に似てません？」

小山くんが、亜蘭さんに言った。

「まあ、大河先生って、どなたですの？」

楓子さんが、声色を変えて言った。いつもより半オクターブ高い声だ。

「いえいえ、うちの社の作家さんなんですけどね、いや、似てるわけないじゃん！

やめてよ小山、お前、何言ってんの！」

「ですよね。ああ、僕、酔ってるんだ……」

「そうだよ、なんで、こちらの可憐なカレンさんが、大河先生なんだよ。大河先生だったら今ここで、ガツンと度数の高いウォッカかなんかを頼んでるだろっ。おつまみは柿ピーがいいわぁ、とか言いながら……。そんであの人、柿ピーの黄金比率について語りだすんだ……」

「まあ、お二人とも、出版社にお勤めなんですね」

コーちゃんが、話を弾ませていく。

絶対、今一番、この状況を楽しんでいる人だ。

「あの、そちらのご姉妹さまは、とても仲がおよろしいんですね。いつもそうやって、一緒にお食事に出かけられたりされているのですか？」

亜蘭、敬語がまったく板についていない。

「ええ、そうね。時間がある時は、頻繁にお出かけするわよねー」

コーちゃんが楓子さんに小首をかしげて言う。その仕草がまた美しい。

「それで、あ、あの、お二人とも、も、もちろん、もう、奥様、ですよね？」

既婚、未婚が気になる亜蘭は、またもや個人情報を引き出すことに躍起だ。

一方、亜蘭は現在、バツ3で、一応独身だ。

「ウフフ……それは、ひ・み・つ」

楓子さんが長いつけまつげの目で、ウィンクした。

「ですよね——」

亜蘭は苦笑いだ。

「お二人、お仕事とか、されてるんですか？　モデルさん、とか？」

懲りない亜蘭は、引き続き個人情報無限収集マシーンと化していた。

「ワタシは百貨店勤めで、妹は……」

「絵本作家になりたいんです……」

ここで楓子さん、自ら爆薬庫への導火線に火をつけた。亜蘭が身を乗りだす。

「なれますよ、カレンさんなら！　よかったら私が出版社に紹介します！　私、こう見えて、実は昔、児童文学のセクションにいたんです！」

「ええっ!!　まあ、どうしましょう！　ホントですか？　嬉しいわあ。そういうことなら……そうだわ、今夜はみなで、とことん飲みません？」

楓子さん、上品に左の人差し指を上げると、ウェイターさんに合図した。

四人はテーブルを寄せると、コニャックやら『ホワイト・レディ』やらを飲み、それからウィスキーにまで行き、最後はウォッカの飲み比べ大会となった。

二時間後――。

「勝った……」

楓子さんが、やりきった清々《すがすが》しい笑顔で言った。

ソファでは、亜蘭さんと小山くんが倒れている。

コーちゃんはギリギリ、立ち上がれる。

楓子さんは、ポーチから黒の油性フェルトペンを取り出すと、記念に亜蘭さんの額に『肉』と書いた。キン肉マンのマークだ。

「さ、行きましょう。コーちゃん、ここは私にまかせてね」

可憐なカレンさんは、最近重版でドカンと入った印税の一部を、ここで使うことに決めた。

亜蘭編集長に愛をこめて。

シンプキンと松田さん、そしてトラブルル

　しとしと雨が降り続く六月。

　楓子さんの猫たちは、外出もままならない日々に少しあきあきしていた。

「シンにーひ《ち》ゃん、見ひぇ《て》みひぇ《て》、ほりゃ《ら》こへ《れ》」

　一階のサロンの出窓にきたのは白猫ルルちゃんだ。口に何かくわえている。

「なにそれ、おいしいの、ルルちゃん？」

　くいしんぼうのシンプキンがたずねた。

「それ、もしかして、おかーさんのだナーン？」

　ソファで昼寝をしていたはずの松田さんが、シンプキンの「おいしいの？」という
ひと言で目を覚まし、あわてて自分も出窓にのぼってくる。

　出窓は今、あまりの密状態で、飾ってあった楓子さんのご両親が写っている写真た

てが、バタッとたおれる。

フキッ。

「アシャシ《タシ》はね、おかーひゃ《しゃ》んを助けひょー《ょう》と思って、これをとってきひゃ《た》の」

ルルちゃんは、誇らしげに言う。

しかし何かをくわえているので、まともに話せない。

「で、なにそれ、おいしいの？」

シンプキンのおなかがぐーぐー鳴っている。

「これは、ＵＦＯよ」

ルルちゃんが、ユーフォーとやらを、ようやく口からポトリと落とした。

「ルルちゃん、それＵＳＢだナーン」

松田さんは、妹にやさしく教えてあげる。

「どっちでもいいの。とにかく、おかーしゃんはこのユーフォーに、新作を書き始めているの。今度は子供むけミステリーで『松田さんはふたりいる』ってタイメシよ」

「タイトル……だナーン……？」

松田さんは、しんぼう強く、妹のまちがいを正してくれる。

「タイメシいーなー、食べたいなー。タイメシ、タイメシ、タイメシ……」

シンプキンは窓の外を見ながらつぶやく。

「あのね、おかーしゃんは『松田さんはふたりいる』なんて書いても、どうせまたヘンタイにカッカされちゃうの」

「ヘンタイじゃなくて、編集長さんだナーン……？　カッカって、却下かナーン？」

「だからもう、どっちでもいいの！　第一、『松田さんはふたりいる』なんて書かれたら、ちーにーちゃん、個人情報ダダモレで、ゆーかいされるからねっ！」

ちーにーちゃんとは、松田さんのことだ。

「このユーエスビーの⑦ってなんだ？」

シンプキンが目の前に転がっているパソコン周辺機器に書かれた数字に気づくと、とりあえずその全体をペロペロなめ始める。

「それって、『新宿魔法陣妖獣伝』の七巻のことじゃないかナーン……？」

猫に汗腺はないが、この時、松田さんの額から、間違いなく冷や汗が流れていた。

「つ、ことは、コレ、お嬢さんの大事な仕事道具かな？　ルルちゃん、このユーエスビーが、ルルちゃんの好きなカリカリとか、高級マグロ缶になってくれるんだよ。これがないともう、『ちゅ〜る』も食べさせてもらえないかも」

　シンプキンもようやく事の重大さに気づいた。

　ちなみにシンプキンは、かつて司会者のみのもんたさんが、すべての女性を『お嬢さん』と呼んだように、楓子さんのことも『お嬢さん』と呼んでいた。

「だって、おかーしゃんが、次の作品は『松田さんはふたりいる』だわ、子供むけのミステリーってきっと面白いかもーって、パシコン（パソコン）にむかって笑いかけてたからっ、アタシ、なんとしてもそれをやめさせないといけないと思って。だってぜんぶ書き上がってからカッカ（却下）っていうのが、一番かなしいのっ」

　お母さん思いのルルちゃんは、涙目になる。

「それにアタシ、ユーフォーを引き抜くことはできるけど、差し込むことはできないのっ」

「差し込まなくてもいいから、パソコンの近くにおいてきたらどうナーン？」

　松田さんはアドバイスする。

「おかーしゃんが、ちゅ〜るを買ってくれなくなったら、アタシこまるの」

「今ならまだ間に合うナーン」

「よし！　ここは、シンにーちゃんにまかせとけ。お嬢さんのところに、ジブン、即行でとどけるぜ！」

「アニキ、かっこいいナーン」

「シンにーちゃん♡」

シンプキンはUSBをくわえ、ダッシュで二階に上がっていった。

その夜、少し落ち込む様子の楓子さんが、吉井くんに電話をしていた。

「えっと、あの……実は、ちゃんと書いてたんですけど、ちょっと目を離したすきに、なぜかUSBが、パソコン横の飲みかけの紅茶茶碗の中に落ちていて……中のデータも消えちゃってて……ごめんなさい……これ、復元できないわよね……」

一方、シンプキンたちは、今夜もごきげんだ。

それぞれ夕食後におやつの『ちゅ〜る』を食べさせてもらって、超ハイテンション。

今は、電話中の楓子さんの足下を、みんなでぐるぐる回っている。